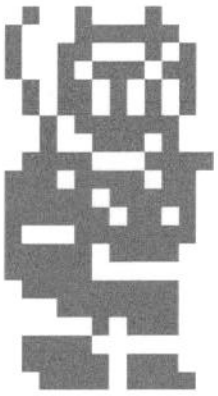

国歌を作った男

宮内悠介

講談社

A PEOPLEKIND MADE A NATIONAL ANTHEM
and OTHER STORIES by YUSUKE MIYAUCHI

国歌を作った男

目次

装丁＝川名潤

ジャンク

ぼくが小さいころ、父は魔法使いだった。

炊飯器が壊れたときは半田《はんだ》ごてを取り出してすぐに直してみせたし、ブラウン管のテレビやガスコンロなんかも同様だった。ぼくも母もそんな父に頼っていたし、そのころは父も誇らしげで、なんというか活気をみなぎらせていた。そうやって家電が直るたび、ときおり一階のジャンク店の展示品が分解され、パーツを抜き取られていたのは秘密だけれど。

家族団欒《だんらん》というものは思い出せない。

けれど、当時は両親も不仲ではなかったし、思い出せないということは、つまり、幸せであったということなのだろうと想像できる。いまぼくが思うのは、言葉というものには幸福を表す語彙《ごい》に対して、不幸を表す語彙がとても多いのではないかということだ。

母はけっして変な人間ではなかったが、少し抜けているところがあった。

何かをしている最中に別のことを思いついてそれに気を取られ、魚を焦《こ》がすということもよくあった。あるときは、風呂の水をためている最中に忘れてあふれさせるからということで、父が近所で電子部品を買ってきてセンサーを作った。風呂の水位が一定以上に上がると、アラームが鳴るというものだ。

家の一階のジャンク店はまだ栄えていた。

ひっきりなしに人がやってきては、展示品を裏返してみたり掲げてみたりして、それがお宝かハズレかを見定めようとする。ジャンク店というのは、電子機器のリサイクルショップのようなものだ。リサイクルショップと異なるのは、商品が動くかどうか保証しないところ。

商品は仕入れのほかに客の持ちこみもある。それを父は二束三文で買い取り、商品の状態に応じて値をつける。たとえ動かない品であっても、別のパーツと組み合わせれば動作することがあるし、あるいは、そこからパーツを抜き取って別のものに流用することもできる。だから、客たちは展示品を裏返してみたり掲げてみたりして、第六感を研《と》ぎ澄《す》ませ、あるかもしれないお宝を探しにやってくるというわけだ。店はいつも電子機器の匂いや体臭の混じった変な空気に満ちていたけれども、トレジャーハンターたちが集まるその雰囲気がぼくは嫌いではなかった。

秋葉原《あきはばら》、電気街から少し裏道に入ったところの店だ。

風呂のセンサーのパーツを買いにいくとき、父は闇市《やみいち》みたいに小さな店が押し並ぶ区画にぼくをひきつれていった。食事どころといえば、街にラーメン店が一軒あるくらい。この衣食住を完全に無視したかのような、体臭と闇と最先端の入り交じる街がぼくは好きだった。

秋葉原の実家に戻ったのは、ぼくが三十歳になってからだ。

それまで、ぼくは専門学校を出て技術者として働いていた。ところが連日の徹夜やら上司のパワハラやらですっかりまいってしまい、あるときを境に身体中に炎症が出て治らなくなり、結局退職してしまったのだった。

満身創痍《そうい》のぼくを、最初、両親は温かく迎え入れてくれた。

調子のいいことに、実家に転がりこんで数ヵ月経つと身体の炎症はすっかり治まった。それからだ。自分の体調と格闘していたときはまったく気づかなかったのだけれど、何かがおかしくなってきているとわかった。

ぼくがいないうち、夫婦のあいだに何があったのか、両親はほとんど口をきかなくなっていた。一階のジャンク店はさびれて埃《ほこり》をかぶり、それに呼応するように、父もすっかり小さくなったように見えた。

ついでに、風呂もいつのまにか全自動となり、父のセンサーの出る幕もなかった。

スマートフォンが壊れた際は、父が半田ごてを振るうこともなく、向から先はメーカーやキャリアのショップだ。つまるところ、何かが食い違ってきていた。冷え切った夫婦を尻目に、ぼくはひきこもりがちになって、部屋でネットゲームばかりをするようになった。

次の仕事のことはなかなか考えられなかった。ぼくが手がけていたのはビジネス向けのアプリが専門で、できることといえば限られていた。仮想通貨の仕組みも、ＡＩの原理もわからない。忙殺されるうちに、ぼくは新たな技術から取り残されてしまっていた。それはもう、完全に。そう思うと、足がすくんでしまって就職活動も考えられなくなってしまうのだった。

そんな折、元同僚から一通のメールが来た。

西田《にしだ》というその同僚とは、いくつものプロジェクトを一緒にこなしてきた。仕事がプログラマで趣味もプログラミングという変わり者だ。気がついたら有休消化に入ってそのままフェードアウトしてしまったぼくを、西田は気にかけてくれていた。

やあ！　どうしてるかな。

今回はＭＳＸという古いパソコンでゲームを作ってみたよ。見た目は横スクロールのシューティング、でもそうじゃないんだ。自機は弾を撃てず、できることといえば、自分の周囲に重力を発生させること。その重力で、敵のレーザーを曲げてかいくぐるんだけど、重力を発生させることで、敵の弾もこちらにひき寄せられてしまう仕組みだ。ＭＳＸｄｅｖというコンテストに応募しようと思っている。エミュレーターでも動作するから、ぜひ遊んで感想を聞かせてくれ。


西田の趣味のプログラミングは古いプラットフォーム、それこそファミコンやメガドライブ、そして聞いたこともないような昔のコンピュータといったレトロな機種で動くものだ。仕事の気晴らしなのだろうと想像はつくが、どうして西田がそうするのかはわからない。昔の父の半田ごてが連想されもした。

ぼくは西田のアプリを動かしてみて、「ボスキャラを登場させてメリハリをつけたほうがいい」とアドバイスを送った。それから、ネットゲームにも飽きてきていたので、秋葉原の街を歩いてみることにした。

ぼくが実家を出たのは十八歳のときだ。

そのころから、街は再開発が進み、徐々に変わりつつあった。街には食事どころが増え、メイドカフェなんていうものも現れ、カルチャーの発信地として観光化されてきていた。ぼくが好んでいた濃い闇のようなものはなくなりつつあったが、栄えるぶんにはかまわないと感じたことを憶《おぼ》えている。以来、親不孝なぼくは秋葉原に足を向けることはなかった。

今回改めて戻ってきた街は、また少し様変わりしていた。

電気街はいまだに存在するし、最新のゲーム用コンピュータを売る店もある。が、数が少ない。メイドには、残念ながら興味がない。逆に、それこそ西田が好みそうなレトロな機器を売る店なんかが目につく。でもそれも、なんだかノスタルジーに閉じこもっているように感じられた。そして、カルチャーを発信するのは実店舗よりも小さなスマートフォンなのだ。

観光客はいる。そこそこ賑わってもいる。けれど、ぼくはなんだか元気を失ってしまった。

帰宅したぼくを待っていたのは、やることがないなら店番の手伝いでもしろという指令だった。要は、閉じこもってゲームばかりやるぼくを両親も案じていたのだ。そして事実、ぼくにはやることと呼べそうなものはなくなっていた。


週のうち三日、ぼくは店番をやることになった。

いざ店頭に立ってみて驚いたのは、かつてあれだけ人の出入りがあった店が、あちらこちら埃に覆われていることだった。昔は父がはたきを使って展示品をきれいにしていたものだが、いまはそれも滅多にやらなくなってしまったらしい。

客は二、三人いればいいほうで、たいていは一人でカウンターのなかで過ごした。

買い取りや値段のつけかたは父に教わった。

コンピュータの完動品などはそこそこ高い値がつけられるが、多くは故障していたり、ディスプレイからして表示されなかったりする。それらは「ジャンク」として状態を記して二束三文で売り払う。古いMOドライブなどは、通電だけ確認してジャンクとして売ってしまう。動けば儲《もう》けもの、動かなければハズレ、というわけだ。

こんな店にも常連客はいるもので、特にぼくの印象に残ったのは、必ず水曜日の午前に顔を見せるカンさんだった。本当の名前はわからないが、とにかく父は彼をそう呼んだ。何が楽しいのか、カンさんは一時間も二時間も展示品を手にとってはしげしげとそれを眺め、動かないコンピュータのパーツを買って帰ったりする。

カンさんはどうしたわけかハズレの品を好み、よく買って帰った。不思議なのは、翌週にはそれをまた売りに来ることだ。これでは金をどぶに捨てているようなものだと思ったが、とにかくそういうお客さんもいた。

埃の積もったジャンク店にいるうちに、もともとコミュニケーションの得意でなかったぼくは、さらに無口になっていった。「いらっしゃいませ」はいらないとぼくに教えたのは父だ。客にはなるべく圧力をかけず、自由に過ごしてもらうという方針らしい。

おのずと、買い取りの場面を除いてぼくが口にするのは、ほとんど「ありがとうございます」だけになった。

時間の止まった店で貝のようになっているうちに、だんだんと、自分自身もジャンク品の一つのように感じられてきた。それも、通電確認されただけのハズレの品だ。

父が昔と変わってしまったのも、詮方ないことのように思えてきた。

そして、この店の商品をいくら吟味《ぎんみ》してパーツを取っても、けっしてスマートフォンを作ることはできないのだ。最先端の街としては、とっくに中国の深圳《シェンチェン》などに抜かれている。店を支えるのは、ただ一つ、郷愁だった。その郷愁が、まるでぼくを押しつぶしてくるように感じられた。

そんなある日、スーツ姿の二人組が店を訪れた。

二人組は陳列された商品には目もくれずに、何事かささやきあったり、ぼくのうしろの壁を指さしたりしている。このときばかりはぼくも気になり、

「どういったものをお求めでしょう？」

と声をかけてみたが、答えはそっけなかった。

「ああ、いや。そんなんじゃないから」

何か嫌な印象を残す返事だった。ぼくは小首を傾《かし》げて推移を見守ったが、やがて男の一人が首を振り、それを合図のようにして二人して出て行った。

正体がわかったのはその日の晩だ。

謎の二人組が訪れたことを両親に報告したところ、父は黙りこんでしまい、かわりに母がぼくに説明した。いま店がある一階を取り潰《つぶ》して、テナントとして貸し出そうというのだ。もとよりたいした収益のある店ではなく、ぼくを専門学校まで出したところで、ジャンク店はその役目を終えたというのが母の見解だった。

ならばいっそラーメン店にでも入ってもらい、テナント料を取るほうがいいというわけだ。

「タピオカ屋さんでもいいんだけどね」

母はこのプランにすっかり乗り気のようで、うっとりするようにそう語った。

「そうしたら、毎日タピオカが食べられるじゃない」

「流行《はや》りものはよくない。第一、毎日タピオカなんか食べたら太るぞ」

父がそう返したが、母はそっぽを向いて何も答えなかった。

ぼくもぼくで、さすがにあのジャンク店を継ぐ気なんかない。そういえば近くにラーメン店が林立しているなと思いながら、「そう」とだけ誰にともなく応じた。


やあ！　どうしてるかな。

今回はきみのアドバイスに従って、ボスキャラを実装してみたよ。弾が撃てない仕様だから、敵が撃つ弾を重力で誘導してボスキャラに当てる仕組みだ。それから、敵のレーザーを曲げる箇所でもたつくので、そこは全部アセンブリ言語で書き直してみた。面倒な作業だったが、なかなか面白かったよ。だいぶ、動きもスムーズになったと思う。もう少しブラッシュアップしたら、コンテストに応募してみるから、ぜひまた感想を聞かせてくれ。

ところで、なぜ私がこんなレトロな機種のゲームを作っているか、きみは訝《いぶか》しむことだろうね。この点については、私自身よくわかっていない。ただ、古いプラットフォームの開発は、技術がまだ人の手のうちにあった時代を思い起こさせるんだ。ことによると私は、技術を人の手に取り戻したいと願っているのかもしれないな。

でも、技術を人の手に取り戻すとはいったいどういうことだろうね？


西田の問いかけに、返信を打とうとする手が止まった。技術を人の手に取り戻すこと。どうだろうか。仮想通貨にしてもＡＩにしても、確かに技術は見えにくくはなった。それでも、どこかで頭のいい人がそれを動かしていることには違いない。

いまも、技術は人の手のうちにあると言っていいだろう。

西田はある意味でカンさんに似ている、とぼくは思った。それにしても、レトロな機種で開発をつづけたところで、西田の求める答えは得られるのか。郷愁の先は隘路《あいろ》ではないのか。

このメールに返事を打つことはなかった。突然、父が右手が動かなくなったと訴えて救急車で運ばれていったからだ。

診断は脳梗塞《のうこうそく》だった。


両親の不仲を見てきただけに、ぼくは父の病状以上に、この状況に母がどう応じるのか、そればかり気になってしまった。ぼくは心のどこかで、母が父の死を望むのではないかと思っていたからだ。

もっとも、脳梗塞はすぐに処置されたこともあって、リハビリさえすれば、ほぼ後遺症も残らないだろうと医師は話したそうだ。これにはさすがの母もほっとした様子で、ぼくは何か夫婦の神秘めいたものを感じさせられた。

残された問題は、店の運営だった。

父が倒れたことで、ジャンク店はぼくのワンオペ状態となった。

埃をかぶったような店でも、案外にやることが多いとわかったのはこのときだ。朝はざっと店の前を掃除して、ノンブランド品のアダプタやらケーブルやらの入った箱を店の前に出す。休みは火曜日だが、その日は仕入れだ。目利きも必要で、ぼくにとって仕入れは難しい作業だった。これまで、仕入れは父が一手にひき受けていた仕事だ。だから事実上、父は週七日働いていたことになる。

しかも、コンピュータの需要増加に伴い、アジア全体でジャンク品を扱う店も増えた。だから、仕入れ自体が厳しくなってきている。そして、いい状態の品はたいがい大手に持っていかれてしまう。よく店がつづいていたものだと、このときはじめてぼくは思った。

「ジャンクは秋葉原の起源なんだ!」

と、これは昔父が語っていたことだ。

なんでも、駐留軍が放出した無線機や電子部品をジャンクとして闇市で売っていたのが電気街の発祥だということだ。それもいまは昔、個人経営のジャンク店自体が減ってきていた。

母がタピオカ店への改装を望むのも、むべなるかなと思われた。

ぼく自身、この店に未来はないと考えていた。ところが持ち場ができると変わるもので、未来がないながらに、店をもっとよくできないかと考えはじめた。

まずやったことは掃除だ。

百円均一で買ったはたきを手に、埃をかぶっていた店内をすべてきれいにした。

客との会話も増えた。こんな店にも、コンピュータの自作のためにパーツを求めてやってくる客がいる。そんな客たちが、パーツ同士の適合性を訊《たず》ねてきたりするのだ。

カウンターの内側には、父が長年かけて作り上げたパーツの適合表がある。

だからぼくはそれを一瞥《いちべつ》し、適合する可能性が高いなどと答えたりする。

「ジャンク品なので保証はできかねますが」

もちろん、そうつけ加えることも忘れなかった。

そのうちにぼくは「二代目」などと呼ばれはじめたりして、すっかり店に定着しつつあった。カンさんもあいかわらず水曜にやってきては、使いものにもならなそうなパーツを買ったり、それを手放しにやってきたりした。

客がおらず一人の時間ができたときは、AIプログラミングの入門書を読んだ。

父はリハビリの最中だったが、この時期、ぼく自身も精神のリハビリをしていたように思う。身体を壊してドロップアウトしてしまった身に、徐々に自信が戻りはじめていたのだ。

そのあとに来たのが、個人経営の罠《わな》だ。

もう少しつづけられるのではないか、頑張ってやっていけるのではないかとぼくは考えはじめていた。おそらくこれが、父がジャンク店をずっとやめなかった理由だろう。他方で、母がタピオカ店の夢を語る際に、ぼくはそうしたほうがよいと同調した。次第に、ぼくは自分の内側に分裂を抱えるようになってきていた。


やあ！　どうしてるかな。

例のゲームはだいたいブラッシュアップできたので、コンテストに応募してみることにしたよ。開催はスペインなんだけれど、メール一つで応募することができる。ところがメールを送っても一週間、二週間と音沙汰がない。いましがたサイトを確認して、やっとエントリーされていることが確認できた次第だ。昔インドを旅行した際は、五分と言って一時間待たされることなんかざらで、それを私は「インド時間」などと呼んでいたものだ。でも、どうやら「スペイン時間」もあるようだね。

結果が発表されるのは数ヵ月後。次席にでも入ればラッキーだと思うけれど、こればかりは強敵が多いからわからないな。

追伸——例のパワハラ上司だが系列会社に移った。よければきみも戻ってきてくれ。


この最後の一行がぼくを誘惑した。

下書きを書いては消し、結局、ジャンク店を守らなければならないからいまは動けないと短い返事を書いた。事実、ぼくはこのジャンク店に愛着のようなものを感じはじめていた。

ところが、また男たちが店に来た。

やはり二人組だった。展示品には目もくれず、店内の四隅に目を這《は》わせたり、小声でリフォームの値段なんかを相談しあっている。やがて、一人が小声で口にするのをぼくは耳にした。

「いいんじゃないか」

母にとっては残念なことに、今回の話はタピオカ店ではなくラーメン店だった。すでに別の街に店があり、それが好調なので、この場所に二号店を出したいという話らしかった。

このころ父はすでに退院しており、リハビリのために病院に通う暮らしをしていた。

このごろの家族会議の場で、発言をするのはほとんどが母だった。

「いい話じゃない」

「タピオカもラーメンも似たようなもの。あとはお父さんが判子をつくだけ。なんにしても、早く決めてよね。向こうは、すぐにでも契約したがってるから」

「でもなあ……」

父はまだジャンク店に未練があるらしく、返答も弱々しかった。

それを見て取った母が、こちらに矛先を向けた。

「あんたはどうなの？　実際に店をやってみて、未来がないってこともわかったでしょう？」

「ないかもしれない。ただ、やってやれないことはない」

ぼくは父と母の顔色を窺《うかが》いながら答えた。

「いったん落ちこんだ収益も、このごろは戻ってきてるし。常連さんもいて……」

自分でも何を言っているのかわからなくなってきた。

テナントが一階に入ってくれれば、ぼくが職場に復帰することだってできるというのに。

「あんた、まさか継ぐ気じゃないでしょうね」

早口にかぶせる母の目はこう語っていた。あんたはわたしの味方だと思ってたのに、だ。

ぼくが答えられずにいると、父がぽつりと言った。

「時代かな」

これまでになく小さい父の姿だった。

それを見て、はっきりとぼくは悟ってしまった。父はもう、魔法使いではないのだった。


結論の出ないまま迎えた水曜、思わぬことに、カンさんが顔を腫《は》らして店にやってきた。

当のカンさんは何事もなかったかのように商品をひっくり返したり、そうすれば透けて見えるとでもいうようにじっと見つめたりするのだけれど、ぼくは訊《き》かずにはいられなかった。

「どうされたのですか」

「ああ、これなあ……」

恥じ入るように応えながら、カンさんが商品を元の棚に戻した。

「警備の仕事の最中に酔っ払いに殴られちまってよう。それで、このざまってわけだ」

「それは……」

「たまにあるんだ、そういうことが。でもいいさ、今日この時間、ここに来られたんだから」

慰めなどいらないという顔をされ、ぼくは押し黙ってしまった。

それよりもカンさんの台詞《せりふ》に、ラーメン店の話を思い出して胸が痛くなってきた。それにしても、だ。カンさんの素性はいま垣間見られた。それでも、なぜ使いもしないパーツを買うのか。なぜ、ここに来るのを楽しみにしてくれているのか。不意に、口を衝《つ》いて出た。

「なぜです？」

「え？」

「あ、えっと、いや……」

ぼくが口ごもっていると、やがて何か察したようにカンさんが口角を歪《ゆが》めてみせた。

「俺にはこの店しかないんだよう」

飄々《ひょうひょう》としているように見えたカンさんの口調は、どこか人懐っこいものだった。

「別に、この店でパーツをいくら集めたところで、スマートフォンができたりはしないんだけどな。それでも、ここの商品がどうしても愛らしくてね。どうしても、自分自身を重ねて見ちまってよう」

どきりとさせられた。それはまさに、ぼくが考えていたことであったからだ。

「実はぼくもなんです」

そう明かした次の瞬間、何かが決壊した。無口でいようとするぼくはもういなかった。

身体を壊して実家に転がりこんだことや、その前は技術者だったこと、いま未来の展望が見えないこと、そうしたあれこれを矢継ぎ早に喋《しゃべ》った。もちろん、ぼく自身、ジャンク品に自分を重ねていることも話した。

カンさんは割りこもうともせず、うん、うん、とときおり相槌《あいづち》を打つのみだった。

それからやや言いにくそうに、自分も元技術者だったのが鬱《うつ》病で辞めたのだと語った。つづく話は、技術の動向や好きなプログラミング言語は何かといった内容に及んだ。

ぼくらはとにかく喋った。

惹かれあうように、とめどなくいろいろな話をした。そして思った。

ぼくにないのは未来ではなかった。友人だったのだ。西田には、そのことがわかっていた。

その日の晩のことだ。ぼくは、母に反旗を翻《ひるがえ》した。

「店を継いでみたい」

そう、はっきりと宣言したのだ。今度は、ぼくが魔法使いになる番なのだった。

最初に、ぼくはパーツを集めて小ぶりのコンピュータを自作した。安いなりに、計算能力の高いボードを積んだものだ。それにＡＩ用の開発環境を積み、「ＡＩプログラミング入門キット」と称して店頭の目立つ場所に置いた。

別に売れる必要はなかった。

いわば、寺の本尊のようなものだ。これまでの店とは一線を画する、何か象徴が必要だとぼくは考えたのだった。ところが、これがすぐに売れた。気をよくしたぼくは、新たに一台作ってまた店頭に並べた。少し時間を要したが、二台目も売れた。

三台目、四台目とつづくうちに、客からの質問が来るようになった。

買ったはいいが、ＡＩのプログラミングそのものが難しい、というものだ。そこでぼくはＡＩ開発の入門用の冊子を作り、西田に監修してもらい、コピー本にして店頭に飾った。

次に来たのは、電気代が高くつきすぎるという苦情だった。

そこで、ボードに頼るのではなく、外部のサーバーを借りるための手引き書を作った。

「これなら俺にもできそうだな」

と真っ先に冊子を買ってくれたのはカンさんだ。

思わぬことにカンさんは囲碁の五段で、コンピュータを使って勉強してみることを思いついたらしい。

「驚いたよう」

とカンさんが報告に来たのはその翌週だ。

「コンピュータの着手がどれも俺の常識を外れてよう。でも検討してみるといい手なんだ」

生き生きと語るカンさんに、ジャンク品と自分を重ねていたころの影はなかったが、それでも、カンさんはやっぱり素性の知れない電子部品を買っていくのだった。

火曜日の仕入れも怠らなかった。

郷愁とてけっして馬鹿にしたものではない。ぼくが目指したのは、郷愁と新陳代謝だった。

ＡＩはＡＩでいい。でも、これではどこか怪しさが足りない。そう考えたぼくが次に作った冊子は、「仮想通貨のつくりかた」だった。まさか本当に仮想通貨を作るやつがいるとは思えないが、こういう冊子がしれっと並んでいるところがいいはずなのだ。

そんなある日、記者を名乗る男がふらりと店を訪れ、ぼくから話を聞いていった。狐につままれたような思いだったが、その三日後、

「過去と現在をつなぐ店――秋葉原ジャンク店二代目の挑戦」

と題した記事がウェブに掲載され、突如、この店が注目の的となった。インタビューは面映《おもは》ゆくて読めたものではなかったが、ぼくが不意に口にした、

「過去と現在をつなぎたいんです」

という一言が人心を打ったようで、記事はそこそこ拡散され、一時的ながら客足も増えた。すぐさま、母の手によって記事のプリントアウトが店に貼り出され、ぼくはなるべくそれを見ないようにしながら店の番をすることになった。

仕入れはあいかわらず厳しい。でも、いよいよとなったらそれこそ飲食店にするだけだ。

そのころには父もリハビリを終えていたが、

「AIとか俺にはもうわからん」

とすっかり引退を決めこみ、ベランダの観葉植物の世話ばかりをやるようになった。驚かされたのは、その両親が群馬《ぐんま》へ二泊の旅行へ行くと言い出したことだ。両親の不和の原因は、単純に、父が店の運営で週七日忙殺されることであったらしい。ひそかに父の浮気を疑っていたぼくは、なんだか拍子抜けしてしまった。

次の水曜、カンさんがこんなことを訊いてきた。

「二代目さんよう、あんた、まだ自分のことをジャンク品だと思うかい？」

「ハズレのジャンク品ですよ」

ぼくは笑って答えた。

「でも、それでいいんです。ハズレのジャンク品がなきゃ、世界だって面白くないでしょう」

料理魔事件

小さいころ親の仕事でニューヨークに住んでおり、玩具の電子キーボードを空き巣にやられたことがある。当時、子供向けの推理小説が好きだったわたしは、なんだか玩具を失った悲しさよりも、事件が起きて家に警察がやってくることにわくわくしていた。

ところがやってきた二人組の白人の警官はちょちょいと書類にペンを走らせるのみで、指紋採取もしてくれないし、窓際のわたしのベッドにべったり残った犯人の足跡すら記録してくれない。指紋は採らないのかとおずおずと訊《たず》ねたときにかけられた言葉は、たぶん生涯忘れないだろう。

「おまえさん、ここはニューヨークだぞ」

六分に一人が殺されるという街で——のちにこの話は誇張だとわかったのだが——いちいち、空き巣なんぞ調べていられないということだ。

実際、いざ発砲事件などがあった際に、即座に覚悟を顔に宿して銃をかまえる彼らの姿は恰《かっ》好《こう》よかった。わたしが警官に憧れたのも、街を守るそんな彼らの姿を見ていたからでもある。

わたし、鯉沢由理《こいさわゆり》は帰国後に国家公務員試験を経て警部補となった。

ニューヨークの警官を見て育ち、そして子供向けの推理小説が好きだったわたしが、殺人事件の捜査に憧れたのも無理からぬことだろう。ところが配属先となったT市は平和を絵に描いたような街で、そして、逆の意味でわたしはあの台詞《せりふ》をまた聞かされることとなるのだった。

「おまえさん、ここはT市だぞ」

わたしの上司かつ相棒、太田孝一《おおたこういち》警部にはなんのためらいもなかった。

「こんな平和な街で、いちいち指紋なんか採ってられるか」

現に家宅侵入の被害届も出ているのに鑑識も呼ばず、そんなことを言い捨てる。世が世なら始末書どころでは済まない案件であると思うのだが、そこは平和なT市のこと。

届けを出した夫婦も、

「はあ……」

などと口を半開きにして頷《うなず》いている。

それから、警部が問題の食卓に目を向ける。

「どれ、今回は秋刀魚《さんま》か。旬のものだな。よさそうな焼き加減じゃないか」

「ちょっと！」

声をかけたときにはもう遅い。

警部はテーブルに添えられていた箸を手に取り、勝手にぱくりと秋刀魚を食べていた。塩加減もいいなどと言いながら、今度はわたしにも食べろと勧めてくる。

「一応、証拠品になると思うのですが……」

「こんなもの、わざわざ取っといてどうするよ」

「犯人が残した料理ですよ」

「よかったな、殺人事件ならぬ殺魚《さつうお》事件だぞ」

「たぶんその魚、最初からスーパーで死んでました」

促されるままに、わたしも食卓の向かいにあった箸を手に取る。実際、気になるのは確かなのだ。いざとなったらパワハラで内部告発でもしてやれ。わたし一人は逃げ切ってやる。

「……おいしい」

「そうだろう、〝料理魔《シェフ》〟の仕事に外れはないからな」

まるで手柄でも立てたかのように、警部がそんなことを口にする。

わたしたちが追っているのは、通称〝料理魔〟事件――もう少しお堅い言いかたをするなら、T市連続家宅侵入事件だった。犯行がなされるのは、たいていお昼どき。犯人は家主の不在時に部屋に侵入し、冷蔵庫の食材で勝手に料理をして帰っていく。なかなかの変人ぶりだが、変人という点では警部もひけを取らないとわたしはこっそり考えている。

事件のあらましはだいたいどれも同じだ。

部屋を荒らされたり、金目のものを盗られたりすることもなく、料理だけが残される。キッチンはきれいに洗われ、これという痕跡は残されない。実は一度、警部の頭越しに鑑識を呼んだことがあったが、現場は指紋の一つに至るまで丁寧《ていねい》に拭《ぬぐ》われていた。

そのときの警部のにやついた顔は、なかなかに忘れがたい。

料理は各家庭の冷蔵庫にあるもので作られる。だから基本的にメニューは一定しない。魚かもしれないし、肉かもしれない。〝本日の定食〟というやつだ。

最初は奇妙な事件が起きたものだと気味悪がられていたが、そこは平和なT市のこと。次第に〝料理魔〟の作るごはんがおいしいと噂が立ちはじめた。

しかも犯行が多発する町内は単身者が多く、料理の手間が省けるということで評判がいい。こうなると、もはや捜査なんかしなくてよいのではと投げたくなってくるが、それでも、ときおりこうして律儀《りちぎ》に通報してくる住民はいる。

もっとも、今回の被害者夫婦は普通に通報してくれたが、たいていは、ぶり大根を作るつもりが照り焼きにされて怒って一一〇番をしてきたとか、そうした経緯で事件が明らかになる。

「こういう街なのですね……」

警部の様子を見て呆気《あっけ》に取られる被害者の夫に向けて、SNSでつぶやいたりしないでくださいねとわたしは念を送った。それから、努《つと》めて抑揚なく答えることにした。

「こういう街なんです」

「なんだか、越してきてよかったような悪かったような……」


被害者宅をあとにしてから、車中、わたしたちは事件について振り返ることにした。というより、話題がないというほうが正しい。この警部と仕事以外の話はしたくなかった。

「前回はハンバーグ、その前は……」

「おでんだ」

ハンドルを握る警部がすぐに答える。

「そして今回が秋刀魚。フレンチのフルコースが出たこともあったな」

どんな家のどんな冷蔵庫だよと思うが、実際そういうことがあったのだから仕方ない。

「狙われるのは、必ず昼どき。家が留守になってることが多いからだろうな」

「そもそも、これって犯罪なんですか」

「不法侵入は確かだろう。あと秋刀魚を焼いたら器物損壊……になるのか？」

これには、わたしたちも考えこんでしまう。

秋刀魚は器物なのか、そして生ものを焼くことは損壊なのか。なんだか考えるほどに、犯罪という概念が頭のなかで崩壊していくようだ。

わからないといえば動機もわからないが、こんな事件の動機をあれこれ想像するのも不毛なので、わたしたちは捕まえてから聞き出せばいいと投げていた。

とにかく座敷童《ざしきわらし》みたいな何かが、お昼どきに町内を徘徊《はいかい》しているということだ。

そして防犯意識の低いT市のこと。家に防犯カメラが設置されていたと思えばハリボテであったり、犯人はピッキングするまでもなく鍵の開いたままの部屋に侵入したりする。

「容疑者は絞《しぼ》れたか？」

正直に答えるなら、この街に住む人全員だ。

そのうちに現行犯で捕まるのを待つほうが早い気がするが、それでも絞りこまなければならないのが頭の痛いところではある。

「事件が昼どきなので、最初は昼休みのある会社員などを疑ったのですが……」

「昼休みにフルコースは作れないからな」

「ええ。それで、観点を変えて絞ってみました」

わたしはバッグを開け、用意しておいたプリントアウトを抜き出す。

「一人目は岡崎寛《おかざきひろし》、二十八歳、町内に住む元工員です。もう一人が帚木有《ははきぎゆう》、二十六歳で元シェフだとか」

「どちらも〝元〟がついてるな」

「町内の暇人を選びました。二人とも、犯行時刻の前後に、近くの数少ないカメラに映っていました」

ふむ、と警部が前を見たまま鼻を鳴らした。

「元シェフが気になるな。とりあえず、そちらから話を聞かせてくれるか」

「はい。帚木は町内の〝カナーレ《Canale》・ソッテラーニョ《Sotterraneo》〟で料理人として働いていました」

「カナーレといったらおまえ、あそこじゃないのか？」

「ええ。パスタを食べたら眼精疲労が治ったとか、リゾットが肩凝りを飛躍的に改善させたとか。わたしも行ってみたいのですが、いまは予約がいっぱいで……」

署からも遠くない位置にあるイタリアンだ。

できたばかりのころは冴《さ》えない店に見えたが、いまやすっかり人気店となっている。最初のころに行っておけばよかったと、いまもときおりわたしは後悔する。

「肩凝りが治ったとかは、さすがに眉唾だと思うがなあ……」

「それでも気になるじゃないですか」

「で、帚木は元はそこの従業員だった？」

「何かで馘首《くび》になったようですが、詳しいところまではわかりません」

「本人とはまだ会ってないんだな？」

「ええ」

「で、なんだ。辞めさせられたシェフが、料理への執着から昼どきに料理をして回ってる？」

うーん、とわたしたちは二人揃ってうなり声を上げる。

「もう一人はなんだっけ。元工員？」

「岡崎は精肉工場の元従業員です」

「精肉工場？」

ぴくりと、警部が眉を動かした。

「これまた、つながりがあるような、ないような……」

「岡崎のほうは、待遇に不満があって自ら退職したとのことでした。二人とも求職はしておらず、もっぱらぶらぶらしているとか。実際、職安への登録もありませんでした」

「ぶらぶらか。羨《うらや》ましいな」

「警部も充分ひけを取らないと思います」

「話を聞きに行ってみよう。岡崎と帚木、ここからだとどっちが近い？」

「岡崎です。住所を読み上げますね……」


これもニューヨークでの子供時代のこと。

チャイナタウンの住宅街で発砲事件があり、わたしは運悪くその現場に居あわせた。

友人の家に遊びに行った帰りだ。友人は大きなマンションに住んでいて、その一階部分がだだっ広い広場のようになっていた。わたしがエレベーターから降りたところだ。二発、三発と銃声が響き、わっといっせいに人々が逃げはじめた。

わけがわからないまま柱の陰に隠れて怯《おび》えていると、すぐに、銃をかまえた警官たちが緊迫した顔つきで目の前を通りすぎていった。その警官の一人が、一瞬だけ表情をやわらげ、ぽん、とわたしの肩を叩き、ふたたび険しい顔つきをして現場に向かっていったのだった。

ぽん、とそれだけ。

それが、わたしをパニックから救ってくれた。

その後犯人がどうなったのか、警官たちがどうなったのかは知らない。逃げる一団に紛れ、わたしもその場をあとにしたからだ。翌日新聞に目を通してみたが、ありふれた事件であったのか、チャイナタウンの一件はまったく触れられていなかった。

あのとき肩を叩いてもらった、その感触はいまも残っている。

覚悟を決めながらも、近くの子供の肩を叩けるような警官になりたいと思った。だから本当のところ、わたしがなりたいのは街のおまわりさんだった。が、両親はそれを許さず、なるならなるでキャリア組を目指せといい、わたしもそれに逆らえなかった。

この選択が正しかったのかどうかは、わからない。

はっきりしているのは、いまわたしが不満を抱えていることだ。あのときの警官とは程遠い雰囲気の警部と、それから口に出すのは憚《はばか》られるけれど、この平和なT市そのものに。

岡崎寛は風呂なしアパートの六畳間に一人住まいをしていた。

部屋に玄関や三和土《たたき》がなく、靴はアパートの入口で脱ぐタイプの建物だ。木製のドアを開けると、もう部屋のすべてが一望できた。こちらが警察手帳を見せると、岡崎は一瞬ぎょっとしたような顔をしたのち、恥ずかしそうに背後の万年床に目をやった。

「ああ、すみませんねえ」

警部が頭を掻《か》きながら岡崎に用件を切り出す。

「ある事件の捜査中でして、よろしければお話を伺《うかが》えないかと」

警部が話すあいだに、わたしは部屋の内部に視線を這《は》わす。万年床の傍《かたわ》らに小さな長方形のちゃぶ台が置かれ、旧型のノートPCと食べ終わったコンビニ弁当を入れたままの袋がある。窓の横にハンガーラックがあり、衣類がごっちゃにかけられていた。

水場にはコンロの一つもなく、錆《さ》びた流しや歯ブラシ類を立てるマグカップがあるのみ。

心中、これは外れかな、とわたしはつぶやく。

〝料理魔〟は犯行現場の冷蔵庫にあるものから、和洋中華なんでも料理を作る。ならば、自宅にもそれなりの設備、せめて大きなキッチンくらいはあると思ったからだ。

「事件といいますと？」

「このごろ出没する〝料理魔〟の噂、耳にしたことはありますか」

「ああ」

自分にかかわりがないと思ってほっとしたのだろうか、心なしか岡崎の表情が弛《ゆる》む。

「大家さんが話してくれました。もっとも、うちみたいな部屋には関係ないでしょうけれど」

「まあ、それはそうかもしれませんな」

鹿爪らしく頷き、警部がちらと部屋を一瞥《いちべつ》した。

「このお部屋には昔から？」

「越してきたところです。仕事を辞めてしまったばかりなものでして」

「ご自身で料理をされることは？」

「見ての通りです」

冷蔵庫もなければコンロもない。

カロリー源は、もっぱらコンビニの弁当だということだ。

「盗られるものもないので、鍵すらかけていないんですよ」

「何か食材を置いておけば、〝料理魔〟が料理していってくれるかも」

横から、わたしはいらぬ口を挟んだ。

「なんでも、〝料理魔〟のごはんはおいしいって巷《ちまた》でも評判なんですよ」

「そうなのですか？」

岡崎が目をぱちくりさせたところで、警部があいだに入ってきた。

「事件が起きるのはたいていい昼です。その時間帯、怪しい人物を見たりといったような……」

「恥ずかしながら、ぼくは夜型なもので」

うなじのあたりを撫でながら、岡崎がゆっくりと答えた。

「昼に起きてることのほうが珍しいんですよ。すみません、お役に立てなくて」

「ちなみに、辞めたお仕事というのはどのような？」

「精肉工場に勤めていたのですが、同僚が機械に腕を巻きこまれる事件がありまして。労災は下りたものの、見舞金の一つもなし。明日は我が身と思って辞めてしまったんです」

聞くからに痛そうな話に、わたしはつい自分の腕をさすってしまう。

それから、あ、と岡崎が思い出したように口を開く。

「ちゃんと掃除したので、製品のほうは大丈夫ですから」

ほかに訊《き》きたいこともあるが、いまはこんなところだろうか。警部に視線を送ると、向こうも頷きを返してきた。そこでわたしたちは岡崎に頭を下げ、アパートをあとにした。

「どう思います？」

車中で訊ねてみたが、ううん、と警部は口をもごもごさせるだけでなんとも言わない。

「なんかないんですか、刑事の勘とか」

「ないな」

即答だった。

「俺が黒だと言ったらおまえさんは逮捕状を取るのか？　とりあえず元シェフにあたろうや」

もう少し、ほかに言いようというものはないのだろうか。

もやもやした気持ちを抱えながら、わたしはシートに両手をついて頷いた。

やけに細長い。

それが、帚木有のアパートを見た印象だった。間取りで言うと2Kになるのだろうか。四畳半と三畳、そしてキッチンがまっすぐに並んでおり、キッチンの床は市松模様になっていた。奥の四畳半に書架が見えるので、背表紙を確認してみたいが玄関からではわからない。

「それで、おまわりさんがどういったご用件で？」

帚木と警部が話しているあいだ、わたしは例によってちらちらと室内を観察する。

鰻《うなぎ》の寝床のような部屋だが、細長いだけあって、キッチンの横幅がそれなりに取られている。元シェフだからか、さすがに整頓《せいとん》されていた。一つ目に入ったのが、梃子《てこ》の原理でにんにくを潰す器具がぶら下げられていることだ。便利なのでわたしも使っているが、本職も使うとわかって少し嬉しいような気分になる。

しかし、間取りもキッチンも異なるのに、岡崎の部屋にも感じたのと同じ印象を受ける。孤独を感じさせるのだ。単に一人住まいだからというのではない。どちらの部屋からも、隠居者のような雰囲気を感じさせられる。

「最近このあたりに出没する〝料理魔〟のことはご存知ですか」

「いえ、はじめて伺いましたが……」

近所づきあいはないのだろうかと思ったが、それは早計というものだろうか。

帚木が本当に〝料理魔〟その人で、隠している可能性だってある。

ざっと、わたしたちはT市連続家宅侵入事件のあらましを相手に伝えた。連日、家宅侵入をして料理をしていく人物がいること。食材には、必ず冷蔵庫のものが使われること。

「それはまた……」

帚木は反応に困っている様子だった。

「ずいぶんと、ありがたい迷惑な犯人ですね」

「それが、一部ではありがたがられてもいるようでして」

わたしがあいだに入ると、また困惑したような顔つきが返ってきた。

「わたしなら食材を勝手に調理されたら嫌ですが。ああ、でもわたしは振る舞う側でしたからね。料理を出される側の気持ちはわからないのかもしれません」

「料理人をされていたのですか？」

しれっと警部が質問をする。

「確かに、キッチンも整頓されているようですが」

「これがですね、わたしにもよくわからなくって」

「わからない、とおっしゃいますと……」

「刑事さんも聞いたことはありませんか。近くの〝カナーレ・ソッテラーニョ〟です」

「ああ、なんでも不眠に効くとか痛風がよくなるとか」

いきなり尾ひれがついているが、指摘するほどでもない。黙っていると帚木がつづけた。

「わたしはそこに勤めていたのですが、ある日突然に馘首を言い渡されまして」

「経営難……というわけでもなさそうですなあ」

「わからないのですよ。それで、いま失意のなかにありまして」

「カナーレに勤めていたとあれば、再就職先にも困らないでしょう」

「どうも、噂を流されてしまったようなのです。わたしの勤務態度が悪かったとか、指示された通りのレシピに従わなかったとか……実のところ、こちらも迷惑しているのですよ」

わたしたちは顔を見あわせた。

――これは〝カナーレ・ソッテラーニョ〟に行ってみる必要がありますよ！

強く念を送ってみると、そうだなあ、というように警部がゆるく頷いた。


「典型的な、自分はできると思っているタイプの従業員でした」

閉店後の〝カナーレ・ソッテラーニョ〟で、店長の糸川那由他《いとかわなゆた》はわたしたちにそんなことを語った。従業員は帰宅し、店内にはわたしたち三人しか残されていない。かすかにオリーブオイルの香りが残っていて、それがいかんともしがたく食欲をそそる。

「あるとき、蛸《たこ》とトマトのサラダを作っていたのですが、帚木がぼうっとしていて塩を入れすぎたのですね。危うく、お客さんにそのまま出すところでした」

「叱ったりはしなかったのですか？」と、これは警部の質問だ。

「けっして自分のせいにはしないのです。忙しいのが悪いとか、指示のしかたが充分ではなかったとか……。逆ギレ、っていうんでしょうか。そういう場面も多々ありました」

「それで馘首に？」

「ほかの従業員に示しがつかないというのもありましたから。三度注意して、三度目にまた塩の分量を間違えられたところで、もう来なくていいと申し渡しました」

「なんとかの顔も三度まで、というやつですな」

「そうではないのです。こういう手順を踏まないと、訴えられたときに負けますので」

世知辛《せちがら》い話ですみません――。と糸川がなぜか謝る。

「ところで、刑事さんたち、おなかは空いていませんか？」

こんなときばかり息をあわせ、わたしたちは二人同時に頷いた。

仕事ですのでと遠慮するべき場面なのだろうが、かまいやしない。ここはT市である。

「たいしたものではないですが、まかないの残りがありますので」

出てきたのはワンプレートのカジキのトマト煮だった。

カジキをタマネギやオリーブ、細かく切った生ハム、そしてトマトと一緒に煮こみ、ごはんの上に乗せたものだ。カジキは一度ソテーされていて、身がひきしまっている。上に香ばしいトッピングがちりばめられていて、いい食感を醸《かも》し出している。

これは何かと訊ねると、砕いたアーモンドをパン粉とともに炒めたのだと答えが返った。

人気店だけあって、さすがにまかないまでおいしい。

それからふと思い立ち、右肩を軽く回してみたところで、

「肩凝りには効きませんよ」

糸川がやや申し訳なさそうに口角を持ち上げた。

「あれは作られた評判ですから」

「効かないんですか？」

わたしの表情がよほど残念そうだったのか、糸川が笑う。

「料理に自信はあるのですが、立地がさほどよくないものですから、何かプラスアルファの材料が欲しいと思いまして。そこで、来たお客さんに〝肩凝りがよくなります〟とか〝目の疲れにいいですよ〟とか声をかけるようにしたんです」

「ほう」料理を口に入れたまま、警部が相槌を打つ。

「この手の症状は誰でも悩まされていますからね。で、人間というのは単純なものでして、実際に症状が和らいだように感じたり、あるいは本当に治ってしまったりするのです。それで、評判が評判を呼んだ次第でして。と、これは秘密にしておいてくださいね」

なんだか魔法が解けてしまったようで残念だが、おいしいことに違いはない。

わたしたちは秘密を守ることを誓い、しばらく二人でカジキを楽しんだ。それにしても警部の表情がひどい。すっかり弛んでいて、たぶん捜査のことなど忘れていると思われる。

それを見て、ついこんな質問をぶつけてしまった。

「警部はなんで警察に入ったんですか？　なんだか、ぶらぶらしているような印象が……」

「そりゃすまんかったね」

警部は目をすがめたが、料理がおいしいせいか、おそらく怒ってはいない。

「親父が警察官でな。ノンキャリアの巡査だったが、街を守る親父のことが俺は好きだった。ところが、あるとき通り魔事件があって殉職《じゅんしょく》しちまったのさ」

「それは……」

悪いことを訊いてしまったと咄嗟《とっさ》に思ったが、警部の顔は相変わらず弛んだままだ。

「で、あとを継ぐってほどじゃないが、俺も同じ道を目指したってわけさ。だから平和なT市は好きだよ。好きだし、こうしてぶらぶらできるのが一番いい」

わたしが押し黙ってしまったところで、

「しかし、なんですな」

変わりかけた雰囲気を払拭するように、警部が糸川のほうを向いた。

「毎日人のためにごはんを作っていて、飽きたりしないものですか。ご自宅でのお料理とか」

「イタリアンは作りませんね」

糸川が苦笑をよこした。

「このごろは、もっぱらインドのカレーに凝っています」

「インド」とわたしは鸚鵡返《おうむがえ》しをする。

「ええ、あれもなかなか奥が深いものでして」

「そういえば、このお店の名前はどういう意味なのですか」

ナプキンで口元を拭いながら警部が訊ねる。

「〝暗渠《あんきょ》〟です」と糸川が答えた。「ちょうど、店の下あたりを古い川が通っているそうで」

警部にとっては残念なことに、T市は平和ではなくなってしまった。

1DKの団地の一室だ。その玄関の三和土で、一昨日の夜に話したばかりの糸川が倒れていた。ナイフだ。横向きに、肋骨《ろっこつ》の隙間を縫《ぬ》って心臓を一刺しされているのがわかる。まだはっきりしたことは言えないが、ぱっと見た印象では、来客を迎えた瞬間に刺されたようだ。

しかし、それにしても――。

「やっこさん、ついに殺しにまで手を出したか」

警部がわたしの心の声を代弁する。

糸川の部屋は三和土のすぐ横にキッチンがあり、玄関から入ってすぐの場所にダイニングテーブルが置かれている。そのテーブル上に、またも料理が残されていたのだった。ボウルに入れられたカレーと、それから二枚のチャパティだ。

このごろはカレーに凝っていると糸川は言っていた。すると、これまで通り〝料理魔〟は糸川の冷蔵庫を漁《あさ》り、カレーの材料が揃っているのを見て調理して帰ったというのか。でも、玄関口に死体を放置したまま？　そんなことって、あるのだろうか？

「鑑識はまだ来ないのか」

「連絡がありました。もうじき到着するようです」

さすがに殺しとあれば警部も真面目に手続きを踏む。と、思ったその矢先だ。警部が懐からコンビニのシールが貼られたパーティー用のスプーンの袋を取り出した。

「ちょっと！」

「なんだ」

「警部、いくらなんでも、それはさすがに！」

止めるいとまもあればこそ、警部はスプーンをカレーに伸ばし、ぱくりと一口やっていた。

「おまえもどうだ。スプーンなら余ってるぞ。このために買ってきたんだから」

「こんな光景を見て食欲なんてないですよ！」

「料理は指紋だ。同じレシピとて、同じ味にはならない。現場を見るとはこういうことだ」

もっともらしいことを言いながら、信じがたいことに警部はもう一口カレーを食べる。

それからふと首を傾《かし》げた。

「ん？」

と、その口から声が漏れる。

「なんとなく、普段より塩が強いような……。おまえさん、ちょっと確認してくれないか」

気味の悪さが半分、好奇心が半分だ。

わたしは手袋をしたままスプーンを受け取り、目をつむってぱくりとやった。瞬間、なんらかの違和感がよぎる。結局、わたしもわたしでもう一すくいカレーを食べていた。

「何か変じゃないか？」

「待ってください」

舌の上でルーを転がしながら、わたしは警部に手を向ける。

「……そうだ。わかりました」

「教えろ」

「梅干しです。タマリンドのかわりに梅干しが使われている」

「なんだい、そのタマリンドってなあ」

「東南アジアや南アジアの果物で、この手のカレーには欠かせないんです。食味は確かに梅干しに似たところがあるのですが、おそらく……」

わたしは流しの下の戸棚を開け、じっと目を凝らした。

「奥のほうにタマリンドのペーストがあります。料理事件が殺人に発展したのはこれがはじめてのこと。犯人も、焦っていたんじゃないでしょうか。タマリンドが見つけられなくて、だから冷蔵庫にあった梅干しをかわりに使った」

「それにしても、奇怪だわなあ……」

警部がわたしのスプーンを回収し、懐の袋に戻して証拠隠滅する。

「見たところ、犯人はこの部屋に来て出会い頭に犯行に及んだ。仮に部屋に来た理由が、いつも通り料理だったとしよう。でも、さすがにその状況で変わらずに料理なんかするもんか？」

「しかもチャパティまで作るのは尋常じゃないです」

「カレーのタマネギだって、よく炒められている。これだけ炒めるのには、弱火で四十五分はかかるだろう。普通だったら、さっさと現場から離れたいと思うよな」

ここまで話したところで鑑識がやってきた。

フラッシュが焚《た》かれ——最初、それは鑑識が現場を撮ったものだと思った。そうではなかった。どこからか事件を聞きつけた記者が、玄関口から室内の写真を撮影したのだ。慌てて追い払ったものの、もう遅い。翌日には、新聞の片隅に見出しが載ることとなった。

——〝料理魔〟事件、ついに殺人に発展？


わたしたちがふたたび帚木のもとを訪ねたとき、彼はちょうどパスタを茹《ゆ》でているところだった。茹で上がるまでの七分間という約束で、わたしたちは話を聞いてみることにした。

表向きは聞きこみだが、もちろん糸川殺しの容疑者としてだ。

動機を持っているのは、いまのところ、糸川から解雇された帚木しか思い当たらない。

「昨日の一時ごろ、何をして過ごされてましたか」

警部はいきなり本題から入り、

「すみません、これは皆に訊いているのですが」

しれっと嘘をつけ加える。これから糸川の店の従業員などにも聞きこみをするだろうが、それはまだこれからだ。とりあえず、わたしたちには帚木以外に心当たりがない。

一時というのは、糸川の事件を通報してきた隣人の証言から割り出した時間だ。

ぎゃっと悲鳴が聞こえ、それからタマネギを炒める香りが漂ってきたというのだ。これは、少し前に入ってきた監察医からの報告ともだいたい一致する。

「困ったな」

帚木が無理に口角を持ち上げるのがわかった。

「ぶらぶらしていました。散歩をして、それから喫茶店で本を読んでいました。喫茶店は行きつけなので憶えてくれていると思いますが、ただ、確か一時半くらいなのですよね」

それから逆に、相手のほうから質問が飛んでくる。

「糸川さんはどんなふうに殺されていたのですか」

警部は少し考えてから、「胸を一突き」と曖昧《あいまい》に答えた。

「それから、現場にインドカレーが残されてましたな」

「インドカレー？」

帚木が首を傾げたところで、わたしも話に割って入った。

「いいのですか、そんな話をして」

「かまわなかろうよ。どうせ記事にも書かれちまった。〝今回はインドカレー〟ってな」

「すると例の〝料理魔〟が事件にかかわっているのですか」

さあ、と警部が小さく肩をすくめた。

「それは調べてみないとなんとも」

「しかしまた妙な犯人ですね。そもそも、このあたりにタマリンドなんて売ってたかな……」

「糸川がネット通販でも使ったのでしょう」

「いや、待ってください。そうすると、一応わたしは潔白を証明できるかもしれません。三十分のあいだにインドカレーなんか作って喫茶店には行けませんから……」

そこまで話してから、ちらとパスタを茹でる鍋を一瞥する。

「いや、そうとは言えないですね。カレーをあらかじめ作って持ちこんだとは考えられませんか？　別にわたしだって自分を犯人にしたいわけではないのですが」

「被害者のレシートなどから、糸川宅の冷蔵庫が使われていたことは確認されています」

なるほど、と帚木が応えてフライパンのパスタソースに火を入れた。

「すみません、そろそろ……」

ここまで来たらいっそ一口食べさせてほしいが、そういうわけにもいかないだろう。

わかりました、と警部が丁寧に応じた。

「どうも失礼しました。またお邪魔するかもしれませんが、その際はよろしくお願いします」


「どう考えても怪しいです！」

帰りの車中、缶コーヒーを片手にわたしは訴えた。

「カレーの件も、きっと何かトリックがあるんですよ！　警部だってそう思うでしょう？」

そう訊ねてみたが、ううん、と相手はまた口をもごもごさせるばかりだ。

「思わないな」

「なぜです」

「ちょっと落ち着けや。まずは、地道に聞きこみをしてからだろうよ」

「なんかないんですか、刑事の勘とか」

ここまで暖簾《のれん》に腕押しといった調子だった警部の顔に、少しだけ波が立つのがわかった。

「おまえさん、この状況を楽しんでないかい？」

この一言で、さっと自分の顔に朱がさすのがわかった。

そうだ。警部もまた、間接的ながら殺人事件の被害者の一人ではなかったか。

「一応答えておくとな、俺の勘は当たったこともあるし、外れたこともある。半々さ。ただ、一つはっきりしていることがある。俺たちが心証で判断したら日本は冤罪《えんざい》大国だってことだ」

正論だ。

うだつが上がらないと軽んじていた相手の言に、わたしはすっかりうなだれてしまった。

「……すみません」

「気にするな」

ぽん、と警部がわたしの肩を叩く。

「どのみち、もうじき片もつく。髪の毛の一本も落とさずに、あんな犯行をやるのは無理だ。あとは、鑑識が割り出してくれるさ」

警部がそこまで話したところで、思わぬ続報が入った。

また、〝料理魔〟が現れたというのだ。現場はやはり町内で、残されていた料理は鮭の香草焼き。ただ、今回は盗難があったという。

冷蔵庫に入っていた大事なステーキ肉が、現場から持ち去られていたというのだ。

わたしは気持ちを切りかえ、「行ってみましょう」と自分の頰《ほお》を叩いた。

「おう」と警部が応え、エンジンをふかす。

その後は警部の言った通りだった。鑑識が、現場に落ちていた髪の毛を発見したのだ。

しばらく証拠固めといった作業はあったものの、まもなく逮捕状が取れ、糸川殺害事件の真犯人は署に勾留《こうりゅう》されることとなった。


「やりましたよ」

取調室で、その男は開口一番に自らの罪を認めた。

「でも、これだけは言っておきます。悪いのはわたしではないのだと」

「事実関係を整理するぞ」

ぶっきらぼうに、警部がテーブル上の書類をこつこつと鉛筆で叩く。

「まず、あんたは〝カナーレ・ソッテラーニョ〟の定休日に、顔見知りとして被害者宅を訪問した。そして相手がドアを開けたところで押し入ってナイフで一突き。ここまではいいか」

「その通りです」

その男――帚木は簡潔に答えると温和な笑みを浮かべた。

「違いありません」

警部が頷き、わたしの隣で調書にペンを走らせる。

「それから、あんたは〝料理魔〟よろしく被害者宅でカレーを作りはじめた。こいつは〝料理魔〟に罪を着せるためと、アリバイトリック、そんなところでいいのか」

「アリバイというほどではないですが、やらないよりはいいと思いまして」

帚木のトリックは拍子抜けするほど簡単なものだった。

忙しいときに使う時短料理の手法だ。まず、タマネギは炒める前に電子レンジにかける。それから、弱火でなく中火で一気に炒めてしまう。

これで、四十五分といわず十分程度でできてしまうということらしい。

「インドカレーはそれでいいんです。ぶっちゃけ、塩加減がほとんどすべてと言っていい」

「あんたの塩加減はやや独特だったそうだが……」

「〝カナーレ・ソッテラーニョ〟のレシピはいけません。あれでは薄味になってしまう」

「タマリンドを使わずに梅干しを使ったのは？」

「お二人から聞いた話では、〝料理魔〟は冷蔵庫の食材を使うということでした」

ああ、とわたしは心中で頷く。確かに、この男にそんな説明をしたような気がする。

――食材には、必ず冷蔵庫のものが使われること。

「スパイス類は許容するとして、タマリンドは食材なのかどうか迷いましてね。仕方ないので、冷蔵庫の梅干しで代用することにしました。ただ、あの一言は失言でしたね」

あれだ。事件後、帚木がぽつりと口にした文句。

――そもそも、このあたりにタマリンドなんて売ってたかな……。

「とぼけたつもりだったんですけどね。タマリンドは北インドカレーではなく、主に南インドカレーの食材です。でも、振り返ればあなたがたはインドカレーとしか言わなかった」

そう。糸川宅に残されていたカレーは、南インドカレーだった。

そのことを知っていること自体がおかしい、というわけだ。

「動機はなんだい。正当と思えない理由で解雇されたことか？」

「それだけではありません」

「一応調べてみたが、糸川があんたの悪い噂を吹聴《ふいちょう》してるなんて話はなかったぞ」

「そんなはずはありません、調査が足りないのですよ」

帚木が姿勢を崩さずに応えた。

「そうでなければ、わたしにシェフとして声がかからないはずなんてない。悪いのはわたしではなく、いわれない誹謗中傷《ひぼうちゅうしょう》とともに馘首《かくしゅ》した糸川なのですよ。それにですね——」

「まあそれはいいとしよう」

調書を書く手を止めて、警部が相手を遮《さえぎ》った。

「だいたい訊くべきことは訊いた。詳しい話は、また明日にでも聞かせてくれ」

こうして取調室を出たものの、わたしは頭のもやもやを拭いきれなかった。

プラスチックカップのコーヒーを飲みながら、警部に訊ねてみる。

「帚木は〝料理魔〟ではなかったのですね？」

「そうなるな」

「そうすると〝料理魔〟は誰だったのですか？　なんだか、こんがらがって……」

「ああ、そいつだったら別に勾留されてるぜ」

「え？」

「探し当てたのさ。自首を勧めたら、すんなり応じてくれたぜ」

「待ってください」――なんだか声が上擦ってしまった。「警部が？」


「自首してくれて助かった。おかげでいろいろと手間が省けた」

「それはどうも……」

帚木と異なり、岡崎は落ち着かない様子できょろきょろと取調室を見回していた。

「どのみち、いつかは捕まる犯罪でしたから。いつどこで、たまたま家にいた住人と出会ってしまうかもわからない。そうそう〝料理魔〟なんかつづけていられません。ただ――」

「ただ？」

「どうしてこんなに早く僕に辿《たど》り着いたのでしょう？　何か迂闊《うかつ》なことでも口にしましたか」

「ううん……」

どうしてか、やや気まずそうに警部が鉛筆の先を弄《いじ》くった。

「暇なときに〝料理魔〟が出没する地域をプロットしてみた。すると、近くの業務用スーパーマーケット〝たかや〟の半径五百メートル以内に限られていた」

「待ってください」わたしは思わず割って入った。「警部、そんなことやってたのですか」

「馬鹿なやつだと思うだろ」

「いえ、見直しました」

「……この相棒は変なやつだから置物だとでも思ってくれ。で、まあ、実際スーパーに行ってみたわけさ。そこの店員が教えてくれたぜ。一度、倉庫まで含めて加工肉をまとめ買いしていった客がいたと。その客はこうも訊いたそうだ。〝ほかにこの肉を買った客はいるか〟と。いると答えたところ、たいそう残念そうな顔をされたとか」

それでだ、と警部が手元のペンを回した。

「あんたの顔写真を見せたところ、この人で間違いないと言われた。それだけだ」

「どういうことです？」と、これはわたしの疑問。

「以前、こいつが話していた同僚の事故さ。なんでも、腕を機械に巻きこまれたとか……。確か、〝ちゃんと掃除したので製品は大丈夫〟ということだったな。が、掃除するより前に加工されて出荷されてしまった商品が一部あったんじゃないか」

つまり——。言いにくそうに、警部がその先をつづける。

「人の肉が混入してしまった加工肉がな。ところが工場はその事実を隠した。その出荷先が、業務用スーパーマーケットの〝たかや〟だった。こんなところじゃないか？」

憶測は嫌いなんだがな、と警部が自嘲するようにぼそりとつけ加える。

「どうだい、これで当たってるかい？」

「その通りです、刑事さん」

「でも、その話のどこに岡崎さんが〝料理魔〟になる理由があるんです」

「こいつなりの責任の取りかただと俺は捉えている。出荷された商品は、一部買われてしまった。でも、誰がそれを買ったかまではわからない。だから総当たり的に町内を徘徊して肉を探したってわけさ。で、どこの誰が料理したかもわからないメシなんて気味悪くて食えないだろ？　つまり、こいつは町の人に人肉を食わせないために〝料理魔〟をやっていた」

「秋刀魚は？」

「問題の肉だけ料理してたらあからさますぎる。だから必ず料理を残した。そんななか殺人事件が起きたんだが、あんたは事件のことを知らずにせっせと〝料理魔〟をつづけていた。ところが、これまでのようにはいかない都合があった。それが、肉の盗難事件だ」

あ、と声を出しそうになってしまった。

あのときだ。捜査の途中にわたしが漏らした一言。

――なんでも、〝料理魔〟のごはんはおいしいって巷でも評判なんですよ。

「そう。あなたは肉を食べさせまいとして料理をしていたのに、皮肉にも料理がおいしいと巷で評判になってしまった。だから、あなたは肉を料理して出すことができなかった。それが、あの肉の盗難事件ってわけだ。さてどうだい、俺はこんなところだと思うんだが」

岡崎はしばし答えなかった。落ち着きを取り戻したのか、まっすぐに警部を見つめている。

「半分は正解ですが、半分は外れです」

「どういうこったい？」

「おいしく食べてもらうためだったんですよ」

あまりに自然に口にするので、流してしまいそうになった。

それから、「え？」と警部と二人同時に聞き返す。急に、岡崎が早口になった。

「よく人肉食をやったシリアルキラーなんかが〝人間の肉はまずい〟なんて言いますがね、あんなもの、僕に言わせれば単に料理が下手なんです。いいですか、ヒト肉というものはいわば都市空間のジビエです。香草などを使って、ちゃんと処理すればいいんですよ。それを怠《おこた》るから、ヒトの肉はまずいなんて言説がまかり通る」

「ちょっと待て。するとあんたは……」

「僕が勤めていた工場の製品ですよ。それならば、おいしく食べていただく必要がある。だから僕は、辞表を出しておいしく食べてもらうために〝料理魔〟をやっていたんです」

「じゃあ、最後に肉を盗んだのは？」

「料理できなかったんです」

苦々しげに、岡崎が口の端を持ち上げた。

「たいして料理をしない家なのか、クミンパウダーもローズマリーの一本もありゃしない。これでは、到底おいしい肉を振る舞うことなんてできない。かといって、普通に調理しておいしくない肉を置いておくわけにもいかない。そこで、心は痛んだのですが拝借した次第でして」

「ええと……」

ここまで聞いていた警部が、襟元《えりもと》のあたりを掻いてわたしを向いた。

「余罪をあたろう。町内での未解決の失踪事件とか、その手のやつを一応検索してくれ」

「わかりました」

答えてから、わたしはふと思い立ってちくりと皮肉を言った。

「やっぱり警部の推理は外れだったんですね」

「だから言っただろ」ばつが悪そうに、警部が口角を歪《ゆが》めた。「俺の勘は〝半々〟だって」

P S 4 1

公立学校《PS》41——それが、ぼくが通っていた小学校の名だ。家の仕事の関係でニューヨークにいたぼくは、グリニッチ・ヴィレッジにあるこの学校に通っていた。校舎裏に大きな校庭があった。といっても、日本の学校にあるようなグラウンドじゃない。住宅街の一画をくり抜いて、コンクリートか何かを敷きつめただけのものだ。あの校庭がコンクリートだったのかアスファルトだったのか、いま思い出せないことが悲しい。

校庭の奥は校舎に通じていて、手前は通りに面し、金網がはられていた。片側に十階建てくらいのアパートがあり、その麓《ふもと》が色とりどりのグラフィティに彩られていた。親が心配していた入学の手つづきは、紙切れ一枚の書類で通った。事情を問わず子供は受け入れる。そういう国であり、学校だった。

入学してからは、よく昼休みに野球に混ざった。金属バットが持ちこめないので、バットはプラスチック製の空洞のもの。皆、そこに濡れたティッシュを詰めて重くして飛距離を稼いでいた。ボールは野球ボールではなくテニスボール。スクールカーストの序列は、そのまま打順に反映される。結果、ぼくはいつも八番目や九番目で、短い昼休みのあいだに打順が巡ってくることはまずなかった。それでも、なぜだか楽しくて皆との野球に興じていた。

英語が身につくのは遅かった。

家での会話は日本語であったし、何より、子供というものは言葉がなくともテレパシーめいたもので交歓する。けれども、教師はぼくの英語の遅れを見抜いた。そういうこともあって、ぼくには学校内での家庭教師がつき（この謎の人物については、担任のボーイフレンドであったとか、そんな話を聞いた気がする）、好きだった理科や生物の時間に、クラスの外で『三銃士』の勉強をさせられることになった。

他方、算数の成績はよかった。分数が苦手な皆のために手引き書を作ったところ、これがわかりやすいと意外な評判を呼び、一冊は図書室に収められることになった。これは、ぼくにしては珍しい成功体験の一つだ。

飛び級の話も出たが、これは家の方針で取りやめとなった。

そういえば低学年のころ、ぼくは学校に向かうバス停で、いつも吐き気を覚えて朝に食べた食事を戻してしまっていた。だからやはり、文化的な軋轢《あつれき》のようなものはあって、それを身体が感じ取っていたのだとは思う。しかしぼくが毎朝吐いてしまう一件は、母の持ち前の明るさによって、なんとなくそういうものだと問題視されず、ぼくもなんとなくそういうものかと思っているうちに、ある時期を境にバス停で吐いてしまうことはなくなった。

学校の昼食は給食や弁当だ。だいたい半々で給食か母の作った弁当を食べていたように思う。当時の給食はひどいもので、ソーセージをパンに挟んだだけのホットドッグ一個にチョコレートミルク、といったメニューもざらにあった。一方、弁当用のランチボックスは映画のE．T．のイラストで飾られていた。どういう経緯か、ぼくは家ではE．T．が大好きということにされており、それを踏まえた親の選択だった。

高学年になると、給食や弁当のほかにアウトランチというものが許された。親から三ドルくらいをもらって外食してもよいというものだ。おのずと、皆、いかに食費を切りつめて駄菓子を買うかに腐心した。ピザ屋で巨大なピザの一切れとスプライトを買って二ドルくらい。残る一ドルで菓子を買うということが多かった。もう少し切りつめると漫画も買える。でもぼくは小さなスケートボードの玩具がついてくる食玩が好きで、色とりどりのスケートボードを好んで集めていた。

はじめて本格的な野球ができたのは小学五年生のキャンプだ。このときの担任はトービン先生といい、保護者たちからの信頼も篤かった。性教育があったのもこの年だ。教室の一角に男女一緒に集まり、その前で人体模型を手にしたトービン先生があれやこれやと説明をした。

「でもわたしたち夫婦はなかなか子供ができなくてね」

とトービン先生がぽつりと漏らしたのをはっきり憶えている。

この年にクラス参加のキャンプがあり、ぼくらは田舎の牧場かどこかに数泊することになった。長い自由時間があり、ぼくはそこではじめて野球ボールと金属バットを使った野球をやった。時間が長いので、打順も回ってくる。うっかり目をつむって打ったら、それがクリーンヒットとなった。とにかく闇雲に一塁に走った。目をつむっていたので、それが三遊間を抜けたのか一二塁間を抜けたのかもわからない。

だから、ぼくは人生唯一のクリーンヒットを、自分のこの目で見ていない。

パニック――一九六五年のSNS

商社勤務の佐田雄隆《さだゆたか》は帰宅するなり、日本電気開発のパーソナルコンピュータ「イザナギ3」を起動した。イザナギはすでに黒電話の専用端子とつながっている。またあの「ピーガー」ですか、ととがめるような妻の視線を気にしつつ、かちりと白黒テレビの電源を入れた。

このごろ、こればかりやっていることは自覚している。

だが、妻にはわからないかもしれないが、これは面白いのだ。十年つづけた煙草をやめたのも、このためだ。ピーガーは国策なので通信費は安いが、それでもばかにならない。だから、煙草代をそれにあてたというわけだ。

イザナギを操作し、閲覧用のプログラムを起動する。

やがて独特な通信音、ピーガーの由来が流れ、画面に「友人たち」の発言が並んだ。

友人とは便宜上の表現で、実際の友人もいれば、友人でない者もいる。こいつの発言は面白いから追おう、と佐田が決めた相手だ。本名を用いる者もいれば、筆名を用いる者もいる。この匿名性が、ピーガーの面白さの一つである。

内容は身辺雑記や床屋政談、ただの駄洒落など多岐にわたる。しかしこの日はやや雰囲気が変わり、どことなく剣呑な空気があった。

――ホンニン　ガ　ノゾンデ　マネイタコト

――オオゲサ　ニ　サワグ　コトデモナイ

それから、幾度にもわたってくりかえされる言葉がある。

――ジコセキニン

がそれだ。やがて、佐田はおおもとの情報にたどり着いた。
——カイコウ　タケシ　ベトナム　ニテ　ユクエフメイ
「これは大変なことになったぞ」
佐田は身を乗り出してつぶやきつつも、その口元はというと嗜虐的《しぎゃくてき》な微笑が浮かんでいた。

右の導入は筆者《わたし》による創作である。が、事実このようなことが起きたのだ。

ある書き手が、持てる力のすべてを賭けた長編——。

開高健《かいこうたけし》にとって『輝《かがや》ける闇《やみ》』はそのような作となるはずだった。いわば、流行作家という生ける屍《しかばね》にならないための。少なくとも、この本がベトナム戦争の現地取材記になるかもしれなかったことは、のちのインタビューで氏自身が語っている。

しかし実際に出版されたそれは、日本中から「愚か者の非国民」の烙印を押された氏が、一連の騒動の顛末《てんまつ》を語るものとなった。

真にベトナム戦争について内側から語られたであろう日本文学は、永遠に失われた。

結果、『輝ける闇』は世界初のウェブ炎上の記として歴史に名を刻んだ。確かに、それは一人の人間の切実な叫びが克明に記された書でもあった。が、これは氏の本意であったろうか。

なお正確を期するなら、一九六五年二月十六日付の朝日新聞報道は、開高が行方不明になったというものではない。ベトナムの前線でいっとき行方不明となり、そののちに救助されたというものである。しかしいずれにせよ、ピーガーを通じて発せられた声の群れは、闇の奥から突如として噴き上がった。

——ヒト　ニ　メイワク　カケルナ

——カイコウ　ノ　バイメイ　コウイ

——ツギ　ニ　ダス　ホン　ノ　センデン

——ジサクジエン

声はやむことなくつづいた。そしてまた、例のあれである。

——ジコセキニン

——ジコセキニン

個々人がそれぞれ独自に交流する楽しみであったはずのピーガーが、どこでどうボタンをかけ違えられたのか、いっせいに一つの声の塊となった。そうした状況を危惧する声や氏をかばう声は巨大な黒い塊に掻き消され、吊し上げの合唱はやむことなくつづいた。

声の主のほとんどは、本来であれば、他愛ない日常の話をしていたような、あえて言うならば善良な個人であった。どうしてこうなったのか、いつ引き返せなくなったのかはもはや誰にもわからなかった。

事実、それはパニックとでも呼べるような状況であった。

「開高事件」として名を残した、そしていまなお色褪《いろあ》せぬ、世界最初のウェブ炎上事件である。わたし自身、海外の危険地帯などを取材して発信することもあるため、けっして他人事ではなく、また正直に打ち明けるならば開高へのシンパシーもある。

とはいえ、いまとなってはこれも半世紀以上も前の出来事である。

したがって、まずはなぜそのようなことが起きたのか、前提としてどのような下地があったのか、当時の情報環境について整理しておこう。

なぜ日本がかくも早く大型汎用機、さらには現在で言うホストコンピュータやパーソナルコンピュータまでもを早々に独力で完成させることができたのか。この謎については、もとよりさまざまに憶測や考察がなされていたが、おおよその全貌が解明されたのは、一連の公文書などが開示されたのち、二十一世紀に入ってからのことである。

首相当時の鳩山一郎《はとやまいちろう》がソ連との国交正常化にあたって彼の地を訪れたとき、巨大コンピュータを目にして、これからはコンピュータの時代であると開発の梃子《てこ》入れを急いだという話はよく知られている。それにしても、開発速度は一種異様と言えるほど速く、また、これはトップが参入を決めたからといってすぐに列強に追いつけるような分野でないのは明らかだ。

では、いったいどのような魔法が使われたのか。

理由の一つは、高度経済成長である。そして実はもう一つ、重光葵《しげみつまもる》外相の働きがあった。一九五六年の国連加盟時、「日本は東西の架け橋になりうる」と演説をして拍手で迎えられた重光が、その帰り道、こっそりと米国のコンピュータ開発の機密情報を持ち帰ったのである。

いま振り返るなら、これはなかば敗戦国の意地のようなものであったかもしれない。

終戦直後、首相就任目前にGHQに公職追放された鳩山や、戦争の降伏文書に署名する役を負わされ、その後には日米相互防衛条約を一蹴《いっしゅう》された重光が、怨恨をつのらせて米国を出し抜いてやろうと考えただろうことは想像にかたくない。

しかし一九五九年に待望の国産大型汎用機L-1が完成したとき、二人がすでに没し、実物を見ることが叶わなかったのは、皮肉と言うほかない。

その後、L-1はさらなる改良を施される。

L-1を中心に、国民一人ひとりが端末を持つという全国民情報化の構想である。

旗振り役は、かの岸信介《きしのぶすけ》であった。「昭和の妖怪」たる氏がこれを着想し、その源にはかつて傾倒した北一輝《きたいっき》の影響があったといういかにもそれらしい話もあるが、現在では、これは通産省からの働きかけによるものとされており、またそれを示唆する証拠もある。

そしてもう一つ、小型コンピュータの開発である。

全国民情報化の方針から、L-1は改良されて通信の拠点、すなわち現在のホストコンピュータの先駆けとなり、並行して、家庭に置けるような小型のコンピュータが構想された。

通産省の先見の明か、あるいは単に我々が小さいものを作ることを好むせいか——集積回路が実用化されるよりも前に、机上ではすでにマイクロプロセッサが完成し、その実現のため、重光が盗み出した情報の一つ、シリコンプレーナIC技術の実用化が急ピッチで進められた。

世界のミニコンピュータが冷蔵庫くらい大きかった時代に、通信端子から映像出力端子までもを備え、卓上で動作する小型コンピュータの「イザナギ」が日本電気によって発売されたのは、こうした背景によるものである。かくして、L-1を中心に人々がイザナギを端末として接続する環境、今日《こんにち》ではダム端末と呼ばれる仕組みができあがった。

この一連の国家プロジェクトは、一説にはコンピューティングの歴史を二十年早めたとまで言われているが、これは仮定にもとづいているため、厳密にどうであったかは定かでない。

情報化で立ち遅れたこと、そしてあのとき重光によって機密が盗まれていたことに気づいたアメリカは強く抗議したが、あれは鳩山時代にソ連から盗んだものだと池田勇人《いけだはやと》はぬけぬけと言ってのけた。新安保条約も調印されたばかりとあり、両国は穏当な技術交流へと舵《かじ》を切ったが、ケネディは怒り心頭でホワイトハウスの机を蹴《け》りゴミ箱をひっくり返したという。

当初、政府はL－1を中心に国民掲示板なるものを立ち上げた。「全国民情報化」実現への第一歩である。ところがこの初期版は使いにくいと評判が悪く、また利用者数も芳しくはなく、やがて人々を参加させるには匿名性が必要であると官僚たちは結論づけた。

政府は企業と連携してシステムの改善を図った。

まず、参加者が匿名であること。当時の磁気ディスクの容量の関係から、個々の発言は短文であり、また順次消えていく。期せずして、この短文限定というのが受ける契機となった。システム全体の名前は変わらず国民掲示板のままであったが、皆はそれをピーガーと呼んだ。

人々はイザナギを用いて白黒テレビを前に匿名の交流をはじめ、画面に食い入る姿勢や、熱心に発言するその様子から「スズメ族」などと呼ばれた。この卓上コンピュータが、「イザナギ景気」の名の由来であることは言うまでもない。

以上が、現時点からざっと振り返った一九六五年当時の日本の情報環境である。

これがやがてパソコン通信の時代を経て、現在のインターネットへつながっていく。なおアメリカのアポロ計画があのような異様な速度で実現したことや、結局のところＩＢＭがその後覇権を握ったことは、池田勇人時代の技術交流によるところも大きく、当時の政府の判断を恨む声もないではない。いずれにせよ、現在半導体をはじめ各分野で大きく遅れを取っている日本にも、このような時代はあったということだ。

そうして、情報工学史上最初の炎上事件は起きた。それも、当代きっての流行作家を主役として。この一件は、開高事件としてウェブの百科事典にも項目がある。

しかしこの事件には、まだ未解明部分が残っているのである。

たとえば、以下の二点についてはどう考えられるだろうか。

——世界初の炎上事件はなぜ起きたのか？

——それは集団の狂気とでも呼ぶべきものだったのか、それとも仕掛け人がいたのか？

一見すると、この件はすでに語り尽くされているような印象を受ける。

それはひとえに、開高自身が総括とも呼べる『輝ける闇』を著したことに由来する。そしてそれに対し、無数の評論がなされたからでもある。が、開高の筆に当事者性のバイアスがかかっていることは疑いなく、また評論は歴史研究と異なることには留意すべきだろう。

開高の訴えた「匿名の集団の恐ろしさ」は一つの教訓として世に残り、そしてまた、かのハンナ＝アーレントの名句「凡庸な悪」とほとんど同じくらいに無謬《むびゅう》の真実として語り継がれてきたため、これまでさほど疑われることがなかったのだ。

そしていま、当時を知ろうとしてもさまざまな困難がある。

スズメ族がイザナギで遊んでいた当時は、政府が個々人の政治傾向を調査しているのではないかといった噂もあったそうだが、実際のところ政府にそこまでのマンパワーはなく、また当時のL－1の記憶容量の関係から個々の発言はすべて消えてしまい、いまはもうない。

さらには、当時のスズメ族の多くはいまや八十代、九十代という齢《とし》なのである。

したがって、まずは「無謬の真実」たる『輝ける闇』をひもとくことからはじめてみたい。

まず題であるが、これはハイデガーが現在を表す言葉として用いたものらしいので、ピーガーという現在そのものによって運命を狂わされた著者自身が重ねられたものと考えられる。

巻頭の引用文は、新約聖書の「コリント人への前の書」からひかれたものである。

――今われらは鏡もて見るごとく見るところ朧《おぼろ》なり。然《さ》れど、かの時には顔を対《あわ》せて相見ん。

かくして時は巻き戻る。一九六五年二月、開高が帰国して空港に着いたそのときへ。

ベトナムから帰国した「私」を待っていたのは、無数の怒れる群衆と彼を拒む横断幕だった。いわく――「非国民」「潔く死ね」「ジコセキニン」などなど。最後のものが片仮名であるのは例のピーガーに由来するが、このときの開高にそれを知る術《すべ》はなかった。

歓迎されていないことはわかるが、理由となると、とんと見当がつかない。

郵便受けには大量の脅迫状があり、仕事をしていても安保闘争の反動で生まれた行動右翼団体が押しかけてくる。出版目前であった『ベトナム戦記』もお蔵入りとなった。

これはたまらぬ、いったい自分の不在中に何があったのかと氏は朝日新聞記者に訊《たず》ねる。返ってきた答えが、まず臨時特派員として戦時下のヘトナムにいた開高が一時行方不明になったと報道されたこと。最初は心配する声も多くあったのが、やがてピーガーを通じて風向きが変わり、糾弾の声へと変わっていったこと。

そのキーワードとなったのが、「ジコセキニン」の一言だったということだ。

それにしても、自己責任とは何を意味するのか。

みずから覚悟して行った以上、責が自分にあることは一種当たり前のことであり、事実上、何も言っていないに等しい。それがなぜ、「私」を攻撃する材料になるのか。

が、実際にそうであったのだと言われれば、そうなのかと応じるよりない。

さらに事の発端はというと、これがわからない。開高が米国寄りの南ベトナム軍につき、事実米軍とともに行動していたことから左翼の怒りを買ったという説。そうでなく、北軍の人質にでもなればそれこそ世界の迷惑だと行動右翼が開高を糾弾したのだという説。

どちらもそれらしく、そしてまた別世界の話でも聞いているような曖昧模糊《あいまいもこ》としたところがある。とにかく、ある瞬間を境に人々がいっせいに同調し、「ジコセキニン」のかけ声をピーガーを通じて発信しつづけた、ということであった。俺は命がけだったんだぞと「私」が訴えると、そういうところも嫌われているようだと記者は答えた。

作中の「私」は倦《う》み疲れ、書くのをやめて寝てばかりの日々を迎える。

このあたりはどうも『夏の闇』という次作の構想があり、本来であればそこに書かれる話であったようだ。比較的退屈な箇所でもあり、発表当時は冗長で見るべきところがないとされたが、このパートについては後世になって再評価を受けた。

ところで、いまさら蒸し返すのも気がひけるので名は伏せるが、ピーガーがなかった場合の豊穣な文学史を夢想した評論家がいて、その筆頭格として挙げられたのがこの『夏の闇』と、そして何事もなければベトナム戦争そのものが描かれるはずだった『輝ける闇』であった。

しかし裏を返せばそれはピーガーが文学を痩せさせたという主張であり、当然のごとく評論家氏はスズメ族の不興を買った。氏は当のピーガーで叩きに叩かれ、倦み疲れ、仰向けに横たわって天井を眺めるばかりの日々を迎え、その後一念発起して都内に中華そば店を開きそれを繁盛させた。

とはいえ実際にピーガーが当世のありとあらゆる芸術に影響を与えたことは疑いないわけで、一例を挙げるなら、中島梓《なかじまあずさ》の著した『文学の輪郭』でピーガーと文学のかかわりが論じられている。

話を戻そう。

開高のひとまずの結論はこうだった。まず経済成長があり、ピーガーという情報の民主化を迎え、たわわに実った果実を匿名のイナゴの集団が食い尽くしたのだ、と。

ほとんど当然のなりゆきとして、このくだりがもっとも注目され、評論家や書評家によってたびたび取り上げられた。なんといっても、氏のデビュー作、百二十年ぶりに実ったササの実を目がけて鼠《ねずみ》が大量発生するという「パニック」が連想させられたからだ。

この観点から「パニック」を読み返すと、一匹だと利口であるはずの鼠が集団だと狂気に陥る、といった記述もある。これもまた、ピーガーがもたらした騒動を連想させるものである。

一部には、こうした一致を持ち出して『輝ける闇』を作家による劣悪なセルフパロディだと腐す向きもあったようだ。しかし「パニック」が創作であったのに対し、今回のものはほとんど事実のみを扱っているわけだからして、両者の一致点は悲喜劇でこそあれ、何もあえて槍玉に挙げることもなかろうと擁護する向きもまたあった。

作品の終盤、「私」はようやく覚醒する。

それは、みずから想定していた作家としてのキャリアの筋道を破壊した魔物、ピーガーと向きあうことだった。「イザナギ」の最新版を求めるべく、「私」は秋葉原に赴く。かつて米軍のジャンクの真空管などが売られ、そこから電気街が発達したというその地で、「私」はベトナムにおける米軍に思いを馳せる。夏場の秋葉原の様子が匂い立つ、読ませる箇所である。

「私」は店舗を回ってイザナギを購入すると、苦労してそれを白黒テレビに接続する。

かくして、ピーガーを通じて最初の一言が発せられた。

――カイコウ　デス　ナニカ　キキタイコト　アル？

なかば投げやりに書かれたこの一文が、期せずして独特のユーモアを生み出した。

これにより「私」はスズメ族に好意的に迎えられ、さまざまな質問を受ける。答えるうち、「私」ものめりこむようにピーガーばかりやるようになっていった。「私」は自問する。これは眠りなのか目覚めなのか、あるいはより深い眠りであるのか。

ピーガーも普及したばかりとあり、さまざまに新たな文化が生まれてくる。その一つが、一見興味深い情報を書きこみ、あとから嘘でしたと撤回する行為、いわゆる「釣り」であった。もとより文才のある開高は、釣り師として名を馳せるようになっていく。

以上が、開高の筆による一連の経緯とその後日譚である。


ウェブ炎上という現象について、いまさらわたしがつけ加えられるようなことはない。それはいまも日常的にそこかしこで起きているし、なぜそれが起きるのかは識者が語るまでもなく、なんとなく本能的に皆が察するところである。何より、語り尽くされている。かくいうわたし自身、軽口がボヤを起こして翌日になって長文の釈明をしたためたこともあった。

語り尽くされたという点では、広辞苑にも載っている「自己責任」についても同様だ。

「指殺人」「その指止めろ」といった言葉が生まれたのは一九八〇年代であったろうか。

ピーガーを通じた誹謗中傷が、刑事ドラマといったフィクション作品で濫用されたのもそのころだ。今日《こんにち》、頑としてピーガーを作中に出現させなかったのは『死靈《しれい》』の埴谷雄高《はにやゆたか》くらいであったとまことしやかにささやかれるが、さすがにそこまでのことはなく、むしろどうやってもフィクション中に現れてしまいがちなピーガーをいかに出現させないか、文学者たちが苦心した痕跡があちこちに見受けられる。

「ピーガーがなければ私は四十五歳で死ぬつもりだった」

二〇〇〇年代を迎え、老境の三島由紀夫《みしまゆきお》がそう述懐したことは記憶に新しい。

「あれはいわゆるミドルエイジクライシスだったのだろう。書くこともなくなり、かくなる上は、一右翼として日本に身を捧げるつもりでいた」――これが具体的にどういう行動を指すのかは、いまとなっては確認しようがない。「ところがピーガー右翼の存在があまりに馬鹿らしく、私はいったんノンポリに転じた。しばらく世間を見渡すうち、また新たに書くことも生まれてきた。私は虚飾を身にまとうのをやめ、自然体の文学というものを目指すようになった」

これなどは、ピーガーがもたらした幸福な例と呼べるかもしれない。

現在はサーバーにいつまでも記録が残り、また訴訟などとなればときに身元が開示される。こうした環境を受け、真に匿名性の担保されていた往年のピーガーを懐かしむ声もある。「あの遅さがよかった」などと誰かが言い、「老人の戯言《たわごと》」「開高事件を思い出せ」と次々に指摘が飛ぶ様子は日常風景である。実際、いまになってこうして当時を考えることは、ある種、時流に反した行為と呼べるかもしれない。

しかし、それでもわたしは思ってしまうのである。

――世界初の炎上事件はなぜ起きたのか?

――それは集団の狂気とでも呼ぶべきものだったのか、それとも仕掛け人がいたのか?

本稿の興味の対象は、あくまで世界最初の炎上事件そのものにある。

したがって、『輝ける闇』に対して取るべきアプローチはおのずと評論とは異なるものとなるだろう。具体的には、いまならばちょうど都合のよい便利な言葉がある。

ファクトチェックである。

たとえば簡単なところでは、氏は「匿名の集団の恐ろしさ」といった表現は用いていない。「たわわに実った果実を匿名のイナゴの集団が食い尽くした」が正確なところである。これはときおりウェブの文学好きが指摘し、「いいね」も拡散もされることなく流れていく。

空港で氏を迎えた心ない横断幕については、写真が残されているので確かだと言えようが、その後に氏とやりとりをしたという新聞記者などは、すでにこの世にない。

このあたりの困難については、先に触れた通りだ。ピーガーの履歴が残されていないことや、当時のスズメ族の高齢化や他界である。事実、わたしは関係者らしい関係者を発見することもかなわず、「時効」という制度の意味を思い知らされることとなった。

公訴時効制度がなぜあるのか。

現在は廃止されたとはいえ、かつて殺人といった重罪にも時効があったのはなぜか。それは要するに、時とともに証拠が散逸することや、関係者の証言が怪しくなるからだと言っていいだろう。怪しい証拠や証言を頼りにすると、冤罪《えんざい》が生まれることもあるかもしれない。

それは今回のケースにもあてはまるはずだ。

極端な話、たとえばわたしがここで第三十八回芥川賞で開高に破れた何者かを騒動の仕掛け人とするような説を挙げれば、それはもっともらしくなってしまうのである。しかもその容疑者にはノーベル文学賞作家も含まれるわけで、なんというか面白くなってしまってよくない。

そこでまずは、最初の一歩として茅ヶ崎市の開高健記念館を訪ねてみることにした。

簡明を期すため公式のウェブサイトの案内から引用すると、このような場所である。

開高健は一九七四（昭和四十九）年に、東京杉並から茅ヶ崎市東海岸南のこの地に移り住み、一九八九（平成元）年になくなるまでここを拠点に活動を展開しました。その業績や人となりに多くの方々に触れていただくことを目的に、その邸宅を開高健記念館として開設したものです。建物外観と開高健が名付けた「哲学者の小径《こみち》」をもつ庭と書斎は往時のままに、邸宅内部の一部を展示コーナーとして、常設展示と、期間を定めてテーマを設定した企画展示を行っています。

かくしてわたしは哲学者の小径を歩き、常設展示を見て回り、それから開高健記念館の厚意により、案内で展示されずに倉庫で眠る遺品な見せてもらった。ここでわたしはふと思いつき、開高がイザナギを購入した領収書はないかと訊ねた。氏の作中、秋葉原でイザナギを買うくだりが印象深かったからである。ところが出てきた領収書は、氏が当時住んでいた自宅近く、杉並の電器店のものであった。開高が秋葉原でベトナムを思った箇所は、創作だったのである。

日本の情報環境に国民掲示板という特異な出発点があったこと、そしてそのとき育《はぐく》まれた「ウェブ文化」が近年になってから欧米に輸出され、それを起点として、米大統領選などにおいて奇怪な陰謀論が醸成されたことは皆の知るところである。

インターネット前史とも呼ぶべきピーガーは、このごろはある種のロマンとともに、ヨーロッパのフィクション作品に頻出し、サイバーパンクのサブジャンルをなしているようである。しかしほとんどは愚にもつかぬジャンクであるらしく、残念ながらいまのところ邦訳はない。

『日本ウェブ前史』を著した川崎大学の増山啓元《ますやまのりもと》名誉教授はこれらの原著をあたったようで、それによると、高度経済成長期の日本とヴィクトリア朝の英国をかけあわせたような、なかなかに面妖《めんよう》な代物であるという。

いざそう聞いてみると興味をそそられるのが人の常だが、この点は増山自身によって、

「未訳の作品が面白いはずもなかった」

と、なんとも味のある総括がなされている。

ところで本稿の取材当時、増山は七十八歳という齢であった。ピーガー世代であり、当時、熱心にそれに触れていたということである。そこでわたしは氏にコンタクトを取り、自宅付近だという赤羽の喫茶店で話を聞かせてもらった。

氏は奥の席に先に着いており、わたしへのサービスであろうか、挨拶もそこそこに文庫本ほどのサイズの電卓のようなものをバッグから取り出した。一九六八年に開発された、ポケットコンピュータ版のイザナギである。

手に取らせてもらうと、やはり当時の技術の限界か、ずしりと重く感じられる。

ゴム製のキーボードは経年劣化ですっかり硬化しており、触れれば固まった塩の欠片のよう

に崩れそうで、迂闊《うかつ》にあちこち弄《いじ》くるのもはばかられる。そっと背面を見てみると、通信用の入出力端子と映像出力用のＲＦ端子があるのがわかった。

　この二つは、のちに詳細を知った米国ＴＩ社が「オーパーツ」と呼んだ代物である。

「増山先生はこれでピーガーを利用されたのですか」

　何気なく問うと、増山はまず頷《うなず》いてから、すぐさま打ち消すように首を振った。

「父が新しいものを好きでな。卓上サイズのイザナギ３があって、それを使っていた」

「実際にピーガーを使ってみて、どのような感触でしたか」

　そうだなあ、と増山がどこか間延びした声を出した。

「白黒テレビに文字が並ぶだけの世界。きみの世代には、わからないかもしれないが……」

　思い出そうとするように、わたしが返したイザナギの表面がさすられる。

「時代の切っ先をしかと自分が踏み締めているような、えもいわれぬ感覚だったな」

　ここからだ。わたしは迷ったが、単刀直入に訊《き》くことにした。

「開高事件のときはどうでしたか」

　相手の皺だらけの顔が刹那、動きを止める。しばしの間ののちに、その口が開かれた。

「加担した」

「具体的には、どのように……」

「この齢だ。記憶が定かでないところもあるが、その点は勘弁してくれ」

——最初、増山が事件を知ったのは報道を通じてであったという。

特派員としてベトナム戦争に派遣されていた開高が、いっとき現地で行方不明になった。開高のことは知らなかったが、えらいことになったと思った。ところが帰宅してピーガーにつなぎ、「友人」らの言葉を追っていくと、どうも様子がおかしい。

売名行為。本の宣伝。自作自演。自己責任。

そうした文面を追っていくと、増山自身、だんだんとそうである気がしてきた。

「少し立ち止まって考えればわかったはずだ。誰もが目立ちたがり屋であるわけではないし、命を賭けて本の宣伝をするというのは、明らかに釣りあいが取れていない。だが、次々と流れる文字列がわたしの思考力を奪った。気がついたら、乗っ取られていたわけだ」

そして、増山はイザナギのキーボードを人差し指でタイプした。

——カイコウ　ノ　ホン　ヲ　カウナ
「それだけですか?」

「不買行為の扇動というやつだな。それだけだ。だが、責任を逃れられるとは考えない」

「そのときどのようなお気持ちでしたか」

「子供の野球ではじめてヒットを打ったときのような気分だったな。実に爽快で楽しかった」

「……このお話は、この場限りにしたほうがよさそうですね」

「かまわん。事実を話せてよかったくらいだ。みずから名を汚すかもしれんが、いまさら名を残したり善人面したりする気はない。きみもわたしの齢になればわかるよ」

それから、増山は思わぬ頼みを口に出した。

氏は現在のSNSに興味はなく、アカウントも作ってはいない。しかしどのようなものかは見てみたいという。そんなもの誰だって見せてくれるでしょうと応じると、なんとなく機を逸してしまい、『日本ウェブ前史』なる本まで書いた手前、人に頼みにくいということだった。

わたしは端末の指紋認証を解除し、アプリを立ち上げて増山に手渡した。

ブロックチェーンを用いた分散型アプリのSNSということで、近年話題のものである。

「ふむ。案外に変わらぬものだな」

増山が老眼鏡をかけ、たどたどしくタイムラインをスワイプする。そのうちに目がちかちかしてきたのか、端末をわたしに返すと眉間のあたりを揉んだ。

「いや、やはりどうもカラフルすぎてわたしにはあわぬようだ」

「お気に召しませんか」

問うと、増山は少し気取った言い回しを返してきた。

「この闇は、わたしには明るすぎる。やはり、ピーガーのころがよかったよ」


別れぎわ、増山はわたしに当時のピーガー仲間のリストを手渡してくれた。

昔の仲間で関係も切れているし、連絡先も変わっているかもわからないとのことで、オンラインを通じた関係性の弱さは、いまも昔も変わらないようだ。固定電話の番号であるので、いまも使われているものは少なかった。それからしばらく、リストの人物を訪《おとな》ってみては仏壇に手をあわせる、といったことをくりかえすことになった。

さしたる収穫もないまま日々がすぎた。

短編「パニック」における鼠の大量発生には、ササの実がなるという明確な理由があった。対して開高事件がいまなお気になるところは、そしてやるせないところは、こうした原因らしきものがまるで見えず、そしておそらくは今後も見えないままであるだろうことだ。だからこそ、枯れたススキが幽霊に見えたり、陽炎《かげろう》に手がかりめいたものを見出してしまうこともある。かくいうわたしにも、そういうことがあった。

かつて増山とピーガーで交流があったという婦人の老人ホームを訪ねたときだ。

婦人は認知症を発症しており、目は中空を漂い、一目見て話は聞けなそうだと思ったが、それでも一応一通りの質問をしてみた。年配の人間を相手に、耳が遠いと見て大声で話しかけるといった行為は、どうも相手を馬鹿にしているようで気がひける。だからわたしは普通に喋り、余計に通じているのか通じていないのかわからぬ始末となった。

すでにわたしはなかば諦めていた。

ところがわたしが「ピーガー」と口にするや、婦人の目に光が戻った。

「あれは面白かったわねえ!」

突然の変貌にしばし面食らってしまったが、「それはどのように?」と質問を重ねてみた。

「学校で紙切れのメモを回したりしたことはなかった? これが日本中に広がっていた。面白くないわけがないわよ」

ちらとホームのスタッフに目を向けると、驚いた様子もなくわたしたちを見守っている。おそらく、こういう場面は何度も見てきたのだろう。認知症の患者が、何かのキーワードを契機に利那目覚めるということを。

少し考え、わたしはもう一歩うながしてみることにした。

「開高事件なんてのもありましたね」

「そう！　二月の十五日のこと。ジコセキニンってやつね。なんだか空気が変わって、わたしびっくりしちゃって。しかも、それが二日も三日もつづくものだから」

「そのときどうされましたか」

「みんなに正気に返ってほしくていろいろ発言したわよ。でも全然効果がなくって」

――ジャーナリズム　ハ　ヒツヨウ
――カイコウ　ハ　ワルクナイ
――アナタジシンハ　ドンナ　メイワク　コウムッタ？

おおよそ、このような書きこみをしたという。これはわたしの直感にすぎないが、この婦人の証言は真実そうであったと感じられた。次に何を訊くべきか――。そう自問しかけた瞬間、うすら寒いものがわたしの背を撫でた。

開高の行方不明が報道されたのは、一九六五年二月十六日付の朝日新聞朝刊である。

つまり、一日ずれているということになる。婦人の言にしたがうなら、ジコセキニンだかなんだかわからないが、その書きこみが新聞報道前になされていたということだ。

するど、どういうことになるか。

「犯人」が、報道より前に開高の行方不明を知っていた人物ということになる。その線で行くならば、もっとも怪しいのは記者だろうか。いや、ベトナムから国際電話でL－1に接続するということも、やってやれなくはない。

――ジサクジエン

――ツギ　ニ　ダス　ホン　ノ　センデン

わたしとてこんな勘繰りはしたくない。したくないが、開高自身が仕掛け人だという可能性すら浮かぶ。ただ、この線は薄いだろう。命がけでベトナムまで行きながら、なぜ、みずからをスポイルするようなことをするのか。確か増山も、これに似た指摘をしていたはずだ。

もう少し詳しく訊こうとわたしは婦人を向いた。

が、彼女の興味はもうこちらにはなく、元通り、うつろな視線を天井の付近に這《は》わせていた。再度話しかけても、反応はない。

それから、わたしもだんだんと冷静になってきた。

わざわざ報道より先にそのような発信がなされる合理的な理由など、どこにあるのか。

おそらくは彼女の記憶違いだ。わたしはそう結論し、ホームをあとにすることとなった。

――世界初の炎上事件はなぜ起きたのか？

――それは集団の狂気とでも呼ぶべきものだったのか、それとも仕掛け人がいたのか？

たぶんこのことに答えは出せないだろう。

あるいは、わたしは作家のファンとして、一種の巡礼をしていただけなのかもしれなかった。そう思い至ったとき、わたしは自分から何かが抜け出ていくのを感じた。

それから数ヵ月経ったある日、わたしは上野の科学博物館にL‐1の一部が展示されることを知った。「世界最初のホストコンピュータ」というのがその触れこみである。

試みに足を運んでみようと出かけると、夏が来たのか思いのほか暑い。

展示されていた実物は、三文判を売る台を大きくして、その横にいくつもスイッチをつけたような代物だった。ほか、白黒テレビを前にピーガーに興じる往年のスズメ族の写真などもあった。その様子はいささか滑稽で、増山の口にしたような時代の切っ先は見出せない。が、未来人から見ればわたしたちもそのように見られるのだろう。

「一九六五年のSNS」とキャプションがついた説明文の前をすぎると、イザナギの実機の展示があった。初代のほか、前に見せてもらったポケットコンピュータ版もある。

写真を撮っている見物客がいたので、わたしもそれにならって端末のカメラを向けようとした。そのとき、SNS経由のダイレクトメッセージが来ている旨、プッシュ通知されていることがわかった。撮影を終え、わたしはメッセージを開いてみた。

英文だった。

AI翻訳に慣れてしまっているせいで、そのまま頭に入ってこない。翻訳ツールを通すと、冒頭にこのようなことが書かれていた。

——きみの投稿を見た。情報提供をしたい。

一瞬訝《いぶか》しんだあと、わたしはSNSで開高事件についての情報提供を募っていたこと、そしてそれにこれまで反応もなかったことを思い出した。

メッセージの主はアメリカの退役軍人で、名をウェイン氏と言った。大尉《たいい》時代、ベトナムに従軍し、開高と会って話したばかりか、彼の希望で前線まで案内したそうだ。そのときベトコンの襲撃を受けて隊が離散し、それがちょうど二月のなかほどであったということである。

最初、わたしは悪戯《いたずら》を疑った。

だがやりとりを重ねるうちに、少なくとも彼がベトナムに従軍したこと、そこで小説家の日本人と出会ったこと、そしてそれがいかにも開高らしかったことがわかってきた。

氏はアメリカ在住であるので、わたしたちはウェブ会議アプリで話してみることにした。

二分割された画面の片方にわたしが、もう片方にウェインが映し出された。氏の部屋は簡素で、背後に小さな棚と、うっすらと花模様のついた壁紙があるのみである。その筋の人間は軍属や公安の人間を見分けるというが、少なくともわたしにはわからなかった。

齢のほどは不明だが、八十歳すぎくらいだろうか。

ウェインが手を伸ばし、カメラの位置を調整するとともに背景が揺れた。だんだんと、わたしは熱量が高まってくるのを感じていた。ウェブの向こうにいるのは、もしかすると、ベトナム戦争そのものが描かれるはずだった『輝ける闇』の欠片であるかもしれないのだ。

「確か、ナポレオンという店で開高にシャトーブリアンをご馳走になった」

挨拶を交わしたのち、ウェインが本題に入った。背筋は伸び、かくしゃくとしている。

「どのような話をしたのですか」

「アルジェリア産の赤ワインを取って……それから、はじめて彼が記者でなく作家であると知った。日本語の文章作法を教わったりしたが、どうにも眠たくてな。わたしは日報しか書いたことがないが、小説を書くのはさぞ難しいのだろうとおだてて話を変えた。一つ興味深かったのは、彼は小説を書くために来たのではないと言っていた」

「開高は純粋な興味からベトナムの特派員になったということですか」

「わからなかったので探りを入れてみた。我々のことも書くのだろう、と。するとあの男は妙なことを言い出した。もし書くとすれば、匂いである。匂いのなかに本質があるのだと」

このくだりはわたしには頷けるものであった。

開高はそのデビュー作から、執拗なまでに匂いの描写を重ねてきたからだ。

「だからわたしは訊ねてみた。小説は、匂いより使命を書くべきではないかと」

「それで相手はなんと？」

「使命は時とともに変わるが匂いは変わらない。汗の匂いもパパイヤの匂いも変わらない。変わらない、消えないような匂いを書きたい、というようなことを言っていた。ただ、それまでと違って少し自信がないようにも見えた。おそらく、揺れたのではないかと思う」

もしかしたら本当かもしれないという思いが、確信に変わってきた。

明らかに開高が口にしそうなことである。米国人であれ、日本文学の研究者などであればたやすく創作できるかもしれないが、なんと言ったものか、眼前の男は小説とは無縁に見えた。

匂い——。

もし開高が正面からベトナムを扱っていたなら、彼の国のどのような匂いを描いたのであろうか。それがどうして、匂いも味もない、ただ文字のみのピーガーなどに耽溺《たんでき》したのか。

感傷めいたものがよぎったところで、一言の槌《つち》が振り下ろされた。

「日本の報道より前に、開高の失踪は自己責任だと情報を流したのはわたしだ」

突然のことに思考が固まって、英語の回路のようなものが閉じてしまった。

「なぜです」

と、そう問いかけるのが精一杯だった。

「あの男はみずから望んで前線についていきた。それもおそらくは大義や使命ではなく、自分自身のためにだ。いわば自己の覚醒を望んでいるような、そういう印象だった。それでも我々としては、あの男を守る必要があった。彼がついて来なければ、助かった隊員もいたかもしれない」

すっかり何も言えなくなってしまったわたしが、ウェブ会議アプリに映っている。

その隣で、ウェインが淡々とつづけた。

「作家の無事を確認したのち、彼への風当たりが強くなるよう工作をした。知己《ちき》の日本人記者からあのイザナギという機械を借りて、日本語のできる現地通訳を雇って国際回線を使ってな。二月十五日のことだ。わたしも若かったというわけだな」

わたしが無言なのを受け、ウェインが小さく肩をすくめた。

「戦場で、知ったように匂いを語るあの作家をつぶしてやりたかった。どれだけの人間が、ただ生きたいとそれだけを一心に願っていたか。まったく、匂いなど知ったことか」

国歌を作った男

　はじめてジョン・アイヴァネンコの名を聞いたのがいつかはわからない。おそらくは無意識に幾度となく耳にしていたはずで——彼の名も、彼の楽曲も——、だからわたしの知らぬうちに、この名が奥底のどこかで胎動していたことはありうる。しかしはっきりと記憶した瞬間は憶えていて、それは氏の有名曲を紹介する動画に「国歌」という視聴者コメントがついているのを見たときだ。文字通り《literally》文字通り《literally》に受け取るなら、「星条旗」を塗り替えるほどの楽曲というわけで、主張としてはかなり過激な部類に入る。他方、言わんとするところはそれが国民的楽曲であるということだろうから、コメントした者の帰属意識のありようが分裂しているようにも見え、印象に残ったわけだ。

　では、その国歌を作ったジョンの精神はどこに属していたのか。

「ウルティマ」シリーズを作ったリチャード・ギャリオットは、その作品世界において、自分自身を王として登場させた。対して、ジョンのゲーム世界に彼の姿はない。ゲームの外においても、ジョンは自分を押し出そうとしない。およそこの国で成功しそうなタイプとは遠く見える。表に出た数少ない発言や伝記的事実からは、全体を通して寄る辺なさが感じ取れる。

彼——いや、生きていれば人称代名詞は彼人《they》に変わっていたかもしれない。それはわからない。確認しようがないので、ここでは、従来の通り「彼」としておく。彼はその一生を通じ、ほとんど自分の匂いというものを残さなかった。

　残されたのはゲーム作品とそのプログラム、そして音楽ばかりである。

ジョン・アイヴァネンコは移民の三世で、一九七八年、ニューヨークのイーストヴィレッジの家に生まれた。聖マークス通りが二番街と交わるあたりに住んでいたようだ。一人っ子で、一家の住まいはアパートの四階にあった。用心のため、玄関そばの小部屋で父が寝起きし、リビングを仕切った奥が母に、さらにその奥の小さな寝室がジョンに割り当てられた。

言葉は遅く、かわりに数字に強かった。紙を与えられれば、延々と魔方陣を作っていたそうだ。紙がないときは窓から外を見下ろした。泥棒避けの鉄格子の向こう側に、一家が「中庭」と呼ぶ建物と建物の隙間があった。昼のわずかな時間、中庭に光が射し、誰かが捨てた壊れた木製の椅子を照らし出した。吹きこむ枯れ葉や、冬になると積もる雪をジョンは見た。外は危険だと教えられた。一辺三ヤードほどのこの中庭が、幼年のジョンの世界のすべてだった。

母は出かけるとしばしば六丁目の小さな食材店に立ち寄り、香りのいいオレンジや茶色い一ガロンのアップルジュースを買って帰った。この記憶のためか、長じてからも、ジョンはコーラやライトビールよりもアップルジュースを好んだ。オレンジは食卓の籠に飾られた。籠には必ず一つか二つ、父と母が好む少し高級なミントのチョコレートが一緒に入った。

幼稚園に入るころ、吃音《きつおん》が出た。

算数はミドルスクール程度の内容まで進んでいた。備品のコンピュータに興味を示したところ、幼稚園教員《kindergarten teacher》の手ほどきを受け、たちどころに要領を呑みこみ、簡単なプログラミングまで覚えてしまった。この一件はジョンの天才性を語る運命の出会いとして、長くウェブで語り継がれてきた。

とはいえ実際のところ、このとき運命のコインは表裏どちらに出たのだろうか。

後年、専門誌のエディターがこの教員を探し出し、インタビューを試みている。名はグレイス・ムーアとのことで、仮名であろうが確たることは言えない。おそらくは、女性であった。それだけだ。素晴らしい教育ですとインタビュアに持ち上げられ、彼／女《s/he》はきわめて慎重な表現で、自分は間違っていたかもしれないとほのめかした。

「彼の世界を広げたつもりでした。でも、そうでなく閉じこめてしまったのかもしれない」

何に閉じこめたというのか。当然、そのことが問われた。明確な答えはなかった。

「父だけが知っておられます《Only the Father knows》」

この発言はさまざまに解釈できるため、立ち入らないでおく。事実はこうだ。教員から話を聞いたジョンの父が、ホームコンピュータのコモドール64を買い与えた。以降、ジョンは寝室の窓際の白いテーブルで彼の世界を作りはじめた。響くタイプ音から、両親は「カタカタ《clatter》」という表現を作った。それはときにコモドール自体を指し、ときに部屋にこもるジョンの様子を指し、ときに、ジョンのはじめた理解できないなにがしかを指した。

まもなく、ジョンが終生手を入れつづけた「ヴィハーラ」の最初期版が作られた。

MMORPG黎明期の作として知られるこのタイトルは、その最初の段階では、庭に光の粒が舞い降りる様子を描くだけのものだった。正確には、黒地に白い線で描かれた景色に、白い一ドットの粒が降る様子を。プレイヤーはなく、操作もできなかった。音楽もなかった。世間的な観点において、およそそこには何もなかった。

それが、すべてのはじまりだった。

父と母が何者であったか記録は残されていない。

小学生時代のクラスメートによると、放課後にナディヤという母親が迎えに来たという。父の名は不明だが、推測することはできる。おそらくはマイケル、あるいはムィハイロだ。

一九八六年、『演算せよ《Compute》！』誌のコンテストにジョンは3D風シューティングの小品を送り、入選した。彼はしばしばコンテストに作品を送ったが、この最初の一回のみ、名義がジョン・ムィハイレンコ・アイヴァネンコとなっている。

ミドルネームは彼のルーツ、つまりウクライナにおいて父称となり、この場合はムィハイロの子を意味する。ムィハイロを英語名にすると、マイケル。マイケルの子が遊び心でムィハイレンコを名乗ったか、事実ムィハイロの子であったかだろう。

なお、この子供時代のジョンが『演算せよ《Compute》！』誌に寄稿していたオースン・スコット・カードの目に留まり、氏の作中人物のモデルになったとまことしやかに語られるが、これは時期的に整合が取れない。ジョンがモデルになったと言われる小説は八五年の発表であり、ジョンの名が最初に雑誌に現れるのは一九八六年である。

一九八六年。

チャレンジャー号が爆発事故を起こし、チェルノブイリ原子力発電所が事故を起こした年だ。当時ジョンは八歳だった。成人後のジョンは、寡黙で、物事の明言を避け、交流を避け、ほとんどの場面でぼんやりしているように見えた。では、子供時代ならどうだろうか。小さいころは活発で利発であったというのはよくある話だ。

証言をつきあわせて浮かび上がるジョンの姿は、このようなものだ。寡黙。友人は常にクラスに一人か二人。のちのジョン・アイヴァネンコだったから思い出せるが、そうでなければ忘れている子供であった。教師には好かれた。ナード《Nerd》。授業中はノートに絵や記号を書きつらねていた。異性を避けた。ごくまれに、はっとするようなことを口にした。

仇名はイヴァンの馬鹿《Ivan the Fool》。これは、彼の性格と名字に由来するものだろう。

そう呼ばれるたび、ジョンは顔を歪めて猛烈に抗議した。奇妙に身をよじってやめろと叫んだ。確かに、大人になればなぜそんなことでと思うようなことを子供は気にする。が、ジョンのそれはほとんど異常であったということだ。普段は寡黙なクラスメートがそういう反応を示すからこそ、周囲はますますおもしろがってこの名を用いた。

口さがない証言者の一人は、当時のジョンの様子をこう振り返った。

「そのときだけ、ジョンは人間に戻るんだ。ま、俺たちの教育だ」

「教育？」

わたしはすかさず訊ねたが、うまくはぐらかされた。俺たちという複数形、教育という単語、ここから想像を広げるなら、当時のもういくぶんか残酷な実情を思い描けなくもない。けれど、それはわからない。確たる証拠もない。話の材料を集めようとするわたしの心理が、物事を歪めて見せている可能性はおおいにあるだろう。

学校に関するジョン自身の証言はどうか。彼は自分が英単語のつづりの大会《spelling bee》で優勝したことを、少なくとも四回挙げている。勝利を決めた単語は、州名のミズーリ《Missouri》。相手が大文字のM《capital M》と言い忘れたから、勝つことができた。

つまりそれが、ジョンにとって忘れられない成功体験だった。

誰がジョンに音楽を教えたかはジョン自身が明かしている。級友のレイチェル・エルリッチだ。コントラバス奏者の一人娘として生まれたレイチェルは、彼女自身、音楽の英才教育を受け、週に一度、ソーホーのジャズスクールに通っていた。あるとき大食堂で譜面を読んでいたところ、珍しくジョンが人に声をかけた。つまり、彼女に。

「それ、音楽の言語《musical language》だよね。ねえ、レイチェル？」

「言語？」

問い返すとジョンはしばしば恥じ入るように黙りこみ、自分の打ちこみ《type-in》プログラムが載った雑誌を見せてきた。

「音楽をつけてみたいんだけど、何もわからなくて」

返答に困ったレイチェルは、どういう曲が好きかと訊いた。いくつか、当時流行っていたロックが挙げられた。

「でもそういうやつじゃなくて、自分で作りたいんだ。使える音は三音まで」

「三音」

レイチェルは訝《いぶか》しんだが、まもなく合点が行った。

「ああ、あのピコピコ《blip bleep》の……」

まずは譜面の読み書きだろうと彼女は考え、家にあった楽典の本を貸すことにした。やがて、曲を書いたと言ってジョンが手書きの譜面を持ってきた。文字を書く手助けに細かく赤や青の罫線が引かれた初等教育用のノートを流用したようで、左端に不恰好なト音記号やヘ音記号があった。ページをめくると、すでに二十曲ほどが作られていた。

「これはどうやって？」

「五線紙がなかった」

「それはわかる」レイチェルは笑ってしまった。

ジョンの呑みこみの早さに驚きつつも、旋律が上昇する際はベースラインが下降するとよいだろう、といったアドバイスを送った。読み進めるうちに、ふと違和感を覚えた。

「もしかしたら、変な楽器を使ってる？」

「家にあった玩具の鉄琴を使った。だから――」

「黒鍵がない」

答えを先取りすると、ジョンは奇妙に顔を歪ませた。普段発露しない感情を表そうとしたが、身体が追いつかない、そんな様子だった。要するに、彼は笑った。

「キーボードがあるといいね。安物でかまわないから」

「このあいだディスクドライブを買ってもらったから、当面は無理だと思う」

「ディスクドライブ？」

「とにかくそういうやつがある」

　黒鍵のない鉄琴でどうしたらよいか。それはレイチェルもわからなかった。とりあえず、彼女は白鍵のみで作れるDドリアン音階を教えた。独特の叙情で知られる初代『ヴィハーラ』の曲――ニ短調でありながら、いきなりBフラットがナチュラルに転じるフィールド音楽は、このときに種を蒔かれた。あれはつまり、ドリアン音階なのだ。


　五線紙がわりのノートを見たレイチェルは、それをジョンから借り受けて持ち帰った。クラシック理論から音楽に入った彼女からすれば、知識もなしにいきなり曲を書きはじめるジョンの作法は理解を超えていた。それはいわば野生の音楽《savage music》だった。彼女自身、ジョンの曲をどう評価していいのかわからなかったのだ。

　晩に、父の得意のビーフシチューが出た。めちゃくちゃになったキッチン――母の言う刑場跡《killing field》を片づけてから、レイチェルはノートを父に見せてみた。父は最初のページを見て、面妖な曲を見せるなとでも言うような顔を覗かせたが、楽典を知ったばかりの子供が黒鍵のない鉄琴で作ったと聞いて表情を引き締めた。

「どう思う？」

「物覚えは早い。いま言えるのはそれだけだ」

　こと音楽となると、父の話しかたは慎重になる。けれど、見こみがなければ父はそのように言うだろう。レイチェルは無意識に頬杖をついて、注意された。結局、部屋にあった和声法のテキストを貸すことにした。ジョンは最初のほうを読んで、「四音も使えないのに」とこぼしたものの、すぐにそれを身につけ、ふたたび曲を作ってきた。やがてジョンは家の手伝いで小遣いを貯め、安いカシオトーン《Casiotone》のキーボードを手にしたようだった。

しばらく、レイチェルが本を貸し、ジョンがそれに応じて曲を作る日々がつづいた。

「ジョンは寡黙ではなく饒舌《じょうぜつ》だった」

とは、『ヴィハーラ・オンライン』の開発にかかわったエイデン・バーンフィールドの言だ。

「ただし、使われるのは世間のそれとは異なる言葉だ。たとえば、プログラミング言語。数式。あるいは譜面。そういうものを介したとき、ジョンは誰よりも饒舌に語りはじめた」

ジョンは最良の教師を得たかに見えたが、この師弟関係は長くつづかなかった。

彼が六冊目のノートをレイチェルに見せようとしたとき、レイチェルは女友達と話をしていた。その女友達が、誰かに話しかけるジョンを珍しがり、友達なのかと何気なくレイチェルに問いかけた。違うとレイチェルが答え、ジョンは赤面してその場を立ち去った。

以降、ジョンは一人で曲を作りつづけた。

皆が遊ぶ校庭を望む、大食堂の窓際の席がジョンの定位置だった。彼は食事中から一人でノートを開いた。演算の庭は広かった。給食のチョコレートミルクを飲みながら、彼は方眼紙と色鉛筆で十二×二十一ドットのキャラクタを作った。ソーセージを挟んだだけのホットドッグを手に、演算子《opcode》と被演算子《operand》の城を建てた。紙と鉛筆で、十六進数の機械語を書いた。味が抜けてゴムみたいになった缶詰の隠元豆を囓《かじ》りながら、三角波の歌を歌った。
何もなく、すべてがあった。

ジョンは小学校を出るまでにおよそ一二〇〇曲を作った。のちに彼の作品に流用されたものもあれば、当然、そのまま捨てられたものもあった。増九度《sharp ninth》で刻まれる特徴的な和音など、ジョンの技法の多くがこの時期生み出された。

このころ、タテヤマだかツキヤマだか、ジョンが名前を憶えていない日系人の友達ができた。仮にタテヤマとしておこう。ジョンは一四丁目のタテヤマの家に幾度か遊びに行き、当時子供たちのあいだで流行っていた任天堂《Nintendo》に触れたようだ。

仲よくなったのは、クラスで起きたちょっとした事件がきっかけだった。

ジョンは言葉が不得手で数学だけできるということで、週に二度、スティーヴンという担任のボーイフレンドから英語と数学の個人授業を受けていた。机を廊下に出さなければならないことや、好きな科学の授業がつぶれることがジョンとしては不満だった。無機的な廊下も好きではなかった。が、このとき教わったフーリエ変換などはその後おおいに役立った。

また、ジョンが他人の打ちこみ《type-in》プログラムを読んで独自に三角関数を理解したということで、この個人教師がジョンを気に入った。英語が苦手だったジョンが、飛び級でスタイヴィサント高校に入れたのも、スティーヴンの助力によるものである。

あるときこの個人授業を終えたジョンが教室に戻ると、クラスが騒ぎになっていた。

タテヤマと、アレックスというクラスメートが向かいあい、二人とも、何が起きたかわからないといった様子で呆然と向きあっていた。周囲から、タテヤマに謝れという声が飛ぶ。熱気を帯びる皆と対照的に、当事者二人は凍りついていた。何があったのかとジョンは訊いたが、答えはなかった。

「本当にすまない」

アレックスが弱りきった様子で口にして、ああ、とタテヤマが応じた。それで終わった。

あとから判明したところでは、発端は二人の口論であった。そしてふとした拍子に、アレックスが口走った。もう一度原爆を落としてやるぞ、と。その瞬間にクラスが凍りつき、次の瞬間は吊し上げとなった。

つまるところ、ニューヨークのリベラルな学校にありがちなことが起きた。

アレックスは疲れはて、その日は誰とも喋らず逃げるように帰宅した。ほかの皆は、物事が正しい方向に決着したことにおおむね満足したようだった。腑に落ちないのは二人だけだった。タテヤマと、それを見ていたジョン。タテヤマは不満そうに席につくと、ときおり、考えを振り払うように宙を仰いだ。許せないというよりは、わからないという顔だった。ジョンもわからなかった。何がわからないかはわからなかった。けれど、ひっかかった。

次の授業が終わったところで、ジョンは意を決してタテヤマに話しかけた。

「何かが違う」

それだけだった。それだけだが、通じた。タテヤマが頷《うなず》き、以降二人は友人になった。タテヤマに新しい親友ができるまでの数ヵ月、二人のつきあいはつづいた。

五年生のとき、ジョンはフロッピーディスク一枚の小さなRPGを完成させ、『ヴィハーラ』と名づけた。題は僧院、休息の場などを意味するもので、スティーヴンが傾倒していた東洋思想によるものという。『演算せよ！《Compute》』編集部の勧めで通信販売をはじめたところ、コンピュータゲームの販路を求めていたMOD8社の目に留まり、正規に販売されることになった。

人類《peoplekind》の戦いを描くこの第一作、通称「ヴィハーラ1」については、よく知られている通りだ。最大の功績は間口の狭かったコンピュータRPGという分野を一般に開いたことで、このあたりはABC出版の『ヴィハーラへの道《The Road to Vihara》』を通して知った者も多いだろう。MOD8社のスタッフがフィールド音楽を口ずさんでいた、という有名な逸話はこの本による。フィールド曲にはジョンも自信があったのか、後継作においても、フィールド音楽でDドリアン音階が用いられることが多い。

いま改めて聴いてみて発明だと感じられるのは、最後の戦闘で流される「ナムチの誘惑《Temptation of Namuci》」だ。言うなれば、わずか二十小節で演奏されるボレロである。たったこれだけの長さで、一つのモチーフが楽器を変えながら演奏されるかのように聞こえる。

オープニング画面は、ロゴを背景に光の粒が降るものだ。

開発者たちは黎明期からこうした光の表現にこだわったが、写実をそのまま求めるのでなく、粒子でそれを表現したあたりがジョンらしい。雪のようでも星のようでもあるこのエフェクトは、二作目以降も登場する。曲は静かなもので、単に「平均律の前奏曲《Equal-Tempered Prelude》」と名づけられた。これがのちにアレンジを重ね、国歌と呼ばれるまでになる。

ジョンはこの曲を作ったときのことを記憶していないそうだ。曲を思いつかず、ストックから適当に選んだという。ともあれ、「ヴィハーラ1」は商業的に成功を収めたが、ジョンの生活は変わらなかった。彼は相変わらず一人で、大食堂の隅でノートを書きつけていた。

ほか、身の回りには何があったろうか。

思いつくままに、当時あったものたちを挙げてみる。オレンジ色のシンプルなシャープペンシル《mechanical pencil》。スケートボードのおもちゃがついてくる玩菓。幅十センチくらいの、ゴム製の小さなボタンを押すと電子音が鳴るおもちゃの鍵盤。ぱちぱちと弾ける菓子。ジョンもきっとこうしたものに触れてきたはずだ。あのとき、あの街で育った以上は。

ジョンの僧院の外では何があったか。

歴史の呪いの履歴《doomscroll the doomscroll》をたどるなら、一九九一年に湾岸戦争がある。ジョンは人とのつながりや現代史とは無縁に見えるが、このことは触れておく価値があるかもしれない。あの戦いは、任天堂戦争《Nintendo war》と呼ばれたことで知られるからだ。

この俗称が生まれたのは、当時の報道映像、つまりモニタリングした目標が正しく破壊されていく様子などがビデオゲームを連想させたからだと言われる。しかし、映像がビデオゲームのようだったからといって、ただちにそれがニンテンドー・ウォーと呼ばれたろうか。

やはりイラクの現実と報道とのあいだに落差があり、その落差が受け入れにくかったため、隙間を埋めるように新たな表現が生まれたと見るのが妥当に思える。

少なくともあのときニンテンドーという表現は、実際の戦場の現実と対をなすものであった。そしてそのときはまだ、人々はこの不均衡と向きあおうとしていた。

それにしても、のちにビデオゲームの楽曲そのものが一足飛びに国歌と呼ばれるのは実にアメリカ的な現象である。

当時、ジョンの家には感度の悪いカラーテレビが一台あった。

窓際に置かれたテレビの映像はしばしば二重にぶれ、同期せずに上下にずれ、苛立った父が天面を叩いた。おまじないのようにアンテナに針金が巻かれ、針金のもう片方が泥棒避けの鉄格子に接続された。

このテレビが、多国籍軍による空爆の開始を一家に伝えた。父は冷淡に、ベトナムのトラウマ払拭のためだけに介入がなされたと述べた。暑い部屋を扇風機がかき回し、蠅取り紙を揺らした。やがてニンテンドー・ウォーという言葉が聞こえるようになった。

このころから、ジョンはチックの症状に悩まされはじめた。

それを強引に止めようとして、爪を噛むようになった。爪を噛む癖はその後もつづいた。ジョンは十三歳で、飛び級によってスタイヴィサント高校の十年生となっていた。飛び級はジョンの意志で、そのためにスティーヴンの勧めで英語の猛勉強をしたという。理由は、彼自身の口から一言で語られている。——学校というものから逃れたかった。

年末、ソビエト連邦が崩壊した。

人一人が生きた軌跡は要約できない。要約可能なもの以外は存在しない世界にあっては。それにしたがうなら、ジョンはどこにもいなかったということになる。あるいは、国歌というフレーズだけがある。

要約された世界において、ジョンは十一年生のときに『ヴィハーラ3』を開発し、そしてユダヤ人少年が入手難のソフト目当てに殺され、それも含めて社会現象となった。要約された世界において、「ヴィハーラ」のさまざまなモチーフが下位文化に染み出て、電子耽美主義《Digital Aestheticism》と呼ばれる文化圏を作るに至った。要約された世界において、ジョンという高校生プログラマの姿が、新たな時代の精神のアイコンとなった。

聖マークス通りの狭い寝室を機械が埋め尽くした。大量のブラウン管モニタ、シンセサイザー、オシロスコープ、任天堂の開発機材。それがわかるのは、一度、この寝室にカメラが入ったからだ。デジタル・グールーという題のシリーズで、ヒッピー・ムーブメントの名残りが感じられるこの特番中、ジョンはいくつか重要な発言を残している。

――きみはすべてを一人で作っている？

――一人ですよ。たいていの場面で、ぼくは一人でした。

――街の通りや学校の教室など、現実の舞台がゲーム中に現れることがあるが。

――現実を活写したいから。写真機を発明した人も、同じような動機だったと思います。

――ゆくゆくは現実と同じものにしたい？

――現実以上のものにしたいです。

――現実以上とは。

――印象派の絵画を思い浮かべてみてください。近いものがあると思いませんか。

――「ヴィハーラ」はきみにとって芸術か。

――居場所《whereabouts》です。これまでも、たぶんこれからも。

これらはおそらく本心だろう。ジョンは寡黙だが、傾向として訊かれたことにはありのまま答える。彼の発言に韜晦《とうかい》はない。あるように見えるのは、趣旨を取り違えているときだけだ。

ところで、この『ヴィハーラ3』から高速の分散和音《arpeggio》が登場する。少ない音数で曲を聞かせるための超絶技巧としてのちに語り草となったが、これについては、先のデジタル・グールーできわめて冷静なコメントが残されている。

――あれは三音で作曲すれば誰でも思いつきます。

番組に出たことで、ジョンの生活に変化が生まれた。クラスメートが彼に興味を持ち、話しかけてくるようになったのだ。その大半は、ジョンによるならば、つまらなそうに去っていった。数人が残った。

その一人が、のちにジョンとチームを組むエイデン・バーンフィールドだ。

現在、エイデンは業務系ビジネスシステムのグーチェン株式会社《Guzheng Co., Ltd.》で取締役《director》を務めている。試みにメッセージを送ったところ、ちょうどランチミーティングが一件なくなったとのことで、トンプキンス・スクエア公園そばのベーグル店で話を聞ける運びとなった。

エイデンはコーヒーとともにベーグルを二つ頼むと、

「この食べかたはジョンに教わった」

とわたしに片目をつむって見せた。一つは焼いてバターを塗ったもの、もう一つは焼かずにクリームチーズを塗ったものだ。

「ぼくたちは家が近くてね。当時、ぼくは八丁目のあたりに家があったから……それで、学校帰りにしょっちゅうイースト・ヴィレッジで遊んだもんだよ」

「どんな話をしたのですか」

「さあ……懐かしさはあるのに、こういうのは案外思い出せないもんだな。一緒にゲームをやって、背伸びをしてオールド・エール・ハウスで酒を呑んで。そうだ、聖マークス通りはそのころから洒落てたから、新しい店ができると二人で足を運んだりもした。憶えてるのは日本料理店だ」

「ああ、あのあたりにはありますね」

「そのころはまだ珍しくてね。ぼくが味噌汁を飲めずにいると、ジョンがしきりに勧めてきた。身体にいいから飲めってね。あいつは大人になってからも味噌汁を飲みつづけたよ。ジョンは一つのメニューを気に入ると、ずっとそれを頼みつづけるんだ。そういう人はいるよね」

それで、とエイデンが手についたパン屑をテーブルの陰で払った。

「共通の話題は、まあ、プログラミングだな。ぼくもコモドールを持ってたからね。話の種は尽きなかったよ。あといっとき流行ったのは、数学オリンピックの問題を一緒に解くこと」

「解けるのですか」

「まあ解けなかったね。同じ学年に数学オリンピックに出てるやつがいて、どんな頭の構造をしてるんだろうと恐れ入ったな。だから、ときどきそいつも呼んで三人で喋った。スタイヴィサントに入って、上には上がいるとわかったのは、たぶんぼくらにはよかったんだと思う」

「仲がよかったのですね」

「はじめてちゃんと話ができた相手がジョンだった。向こうもそう感じていたと思う。片思いじゃなければね。ぼくたちはたぶん、失敗した子供時代をやり直していたんだ」

この時期について、ジョンは端的にこう言い表している。酸素ができた、と。


――発売から一週間くらいで手に入れました。周りの誰よりも早く解きたくて、ほかの遊びも宿題も何もやらずに「ヴィハーラ」に打ちこんで……エンディングのスタッフロールを見た日のことはいまも憶えています。一言で言うなら、夢中《caught up》。

――中西部《Midwest》へ転校することが決まっていて、友達が家に招いてくれて一緒に遊びました。その日、その場でクリアまでたどり着いたのです。こう言われたのを憶えています。転校したあとも、あの日、あのとき一緒に「ヴィハーラ」を解いたんだと憶えていてくれよな、って。

――ゲームのせいで二ヵ月くらい毎日TVディナーだ。あれは案外とうまいものなんだ。

――息子がまだ小さくて「ヴィハーラ」に夢中だったとき、俺はC64版の初代ヴィハーラを自力で解いたんだぞと自慢したもんだ。尊敬の眼差しを向けられたのは、あとにも先にもそのときだけだったような気がするな。

――ヴィハーラに忠誠を誓う。

――そのことばかり考えすぎてゴムの木の植木を枯らしましたね。子供と競争していたのですが、子供はどんどん学校で情報を得てくる。でも、会社にもそういう親がたくさんいて。情報格差《digital divide》の被害者の会を結成して、あれこれと情報交換をしたものです。

――勉強も運動もできなかったけど、ゲームさえできればコミュニティに参加できた。ときに話の中心になることだってできた。そういう夢みたいな瞬間があったんだ。アフリカ系だろうと、アジア系だろうとね。それが当たり前だと思っていた。


「ジョンとマサチューセッツ工科大学に行きたいと考えていた。それで、実際に受験の準備を進めていたんだけれど、家の商売が傾いてね。奨学金が取れることはわかったけれど、それでも全然足りなかった――というか、進学自体が無理になった」

エイデンとわたしはトンプキンス・スクエア公園の敷地内を歩いていた。久しぶりに来た公園だったが、それはエイデンにとってもそうらしく、ときどき立ち止まっては懐かしそうな顔を覗かせた。

「ジョンはなんて言ったと思う?」

「さあ……」

「ヴィハーラの売上からぼくの学費を出すと言うんだ。考えられるか？　それで思ったね。こいつのことは、ぼくが守ってやらないといけないって。そうだろう？　小学生じゃないんだ。そんな思考回路で、どうやってこの国で生き残れるっていうんだ。しかもジョンは売れて顔が知られている。悪いやつはいくらでも現れる」

「それで会社を？」

エイデンとジョンは進学することなく、プラジュナ株式会社《Plajna Co., Ltd.》を設立する。会社名は、よく知られているように聖マークスの惣菜屋《delicatessen》で名づけられた。

「コトレータを食べながら話しあったってのは本当だよ。それで、権利の多くはＭＯＤ８社が持ってるから、新たにプロジェクトを立ち上げるのがいいだろうとなった。こうやって『ヴィハーラ・オンライン』ができた」

『ヴィハーラ・オンライン』は開発におよそ三年の期間をかけた。

まだ家賃の安かったブルックリンの倉庫を借り、やがて同窓生が合流し、五人のチームになった。赤煉瓦の倉庫は冬になると冷えこみ、雪に閉ざされる。そのなかで全員で開発をつづけた。春が来るたび、皆でコニー・アイランドの遊園地に遊びに行くのが会社行事になった。

ジョンはコニー・アイランドで買える林檎飴《candy apple》を好んだ。一つの食べものを気に入るとずっとそれを食べつづけるジョンは、その後もどこからか林檎飴を買ってくると、しばしば仕事中に舐めた。

「だからね、いまも林檎飴を見ると——」

公園のミニプールの前で一瞬立ち止まって、エィデンが喉の奥のどこかを詰まらせた。

「少し、胸が苦しくなる」


一九九七年に発売された『ヴィハーラ・オンライン』でも、ジョンは全曲を作曲した。

このときジョンが試みたのは、作品を通して、一つのモチーフを変奏しつづけることだった。一般に懐かしがられるのは『ヴィハーラ3』の音楽かもしれないが、クラシック畑ではオンライン版が評価される傾向がある。ほか、オンライン版から見られるのが、ジャズや複雑な変拍子。そして十二音技法。

『ヴィハーラ・オンライン』は高い評価を得るとともに、インターネットの普及期を飾った。現代のMMORPGの一つの祖とされ、別プレイヤーを攻撃するプレイヤーキリング《player killing》といった要素もすでにある。いくつものメディアがジョンとプラジュナ社を取り上げた。望もうと望むまいと《Whether he wanted to or not》、ジョンは遅れてきたアメリカの夢の一部だった。

この時期にジョンは両親を立てつづけになくしたようだが、彼が話したがらなかったため、詳細を知る者はいない。また、ジョンは雑誌記者に頼みこみ、あるユダヤ人一家の居場所を探させた。それはかつて『ヴィハーラ3』目当てに殺された少年の家族で、事件後、一家はニューヨークからニューハンプシャー州に移り住んでいた。

ジョンはこの家族に会いに出かけたようだ。が、ニューハンプシャーで何があったかは定かでない。戻ってきたジョンはうつろな目をして、何も語らなかったということだ。

同じくそのころ、鍵盤奏者となったレイチェル・エルリッチのミニライブが市内で催された。しばらく、ライブがあるたびにジョンは足を運んだが、レイチェルと話そうとはしなかったようだ。エイデンは例外として、ジョンは自分の人生を誰かと交わらせようとはしない。

興味深いことに、このときレイチェルもまたジョンを認識していた。

「客席にジョンがいるのが見えて」

いま、リッジフィールド・パークで双子の兄弟を育てるレイチェルはそう語る。

「話をしたいと思ったけど、できなかった。なんていうか、ジョンは大きくなりすぎて。だから、あるとき『ヴィハーラ・オンライン』のモチーフをわたしなりに変奏してみた。でも、そんなことやらなければよかった。それから、ジョンは来なくなってしまって」

「……子供時代、ジョンはなぜあなたに心を許したのでしょうね」

「わたしの魅力」

レイチェルは無表情に眉を持ち上げ、嘘ですと暗に伝えてきた。

「わからない《Whatevs》」

ジョンは何をするにも注目の的となり、一挙手一投足が流布し、拡散し、論評の対象となった。そのような背景があったからこそ、例の発言も記録に残っている。しかし、本来ならばあれは聞き流されて終わるような発言であったのだ。ともあれ事実はこうだ。差別問題を多く扱う地方紙がジョンにインタビューを試みた。いわく、移民を代表して話をしてもらえないか。

ジョンが答える。――ぼくはスラブ系ではない。アメリカ人なんだ。

　このジョンの返答が悪意的に報じられ、そしてその狙い通りに物議を醸した。融和主義者。白人主義者。マイノリティへの視線の欠如。ナードの無思想。敵。人種の坩堝《melting pot》主義。云々。つまり、国が多文化主義へ舵を切ったなか、ジョンの発言には悪しき古い思想があるということだ。ジョンは心を痛めただろうが、しかし発言を取り消そうとはしなかった。

　深い意味はなく口が滑っただけとする向きもある。ジョンは英雄であり、過去に過ちがあってはいけないということだ。あるいはまさしく白人主義の立場から、この一言が援用されることもある。少なくとも、意味がなかったはずはない。かつて彼は、スラブ系を彷彿とさせる仇名を嫌ったからだ。彼は、タテヤマを日本人でなくアメリカ人として扱ったからだ。

　いずれにせよ、真意を確認することはできない。

　一九九九年の四月二十五日の日曜日、ジョンのブルックリンの賃貸《flat》に来客があった。十四時を回ったころ、来客があったらしいことは下の階の住人が証言している。隣の住人によると、やがて口論が聞こえた。聞こえなかったとする証言もある。十五時ごろに銃声が響き、まもなく階段を駆け下りて逃げていく足音がした。

　警察が呼ばれ、リビングで血を流して倒れるジョンが見つかった。弾丸は斜めに胸を貫通し、大動脈を破って背後のキッチンの食洗機を粉々にしていた。死因は出血性ショック、犯人は左利きで、現在も誰であるかは不明。プラジュナ社の手配により、遺骨はロング・アイランド湾に撒かれた。かくして、ジョンは新たな千年紀を迎えることなく短い生涯を終えた。

プレイヤーキリング《player killing》。

表現能力が向上し、キャラクターが人種から逃れられなくなった現在、ジョンであればどのようなゲームを作ったろうか。それを知るすべはない。コモドール64時代、作中の人類《peoplekind》は抽象化された二十四×二十一のドット絵であったし、『ヴィハーラ・オンライン』のプレイヤーはキャラクターメイキングによっていかようにも作れたからだ。

同年の二月四日には、ギニア人移民のアマドゥ・ディアロがブロンクスの自宅前で警官四人に四十一発の銃撃を受けて射殺された。プレイヤーキリング《player killing》。十二月二日、ショーン・グレルがアリゾナ州アパッチ・ジャンクションで二歳の娘を焼き殺したのち自首した。プレイヤーキリング《player killing》。四月六日、メリッサ・マーヴィンが飲酒運転で赤信号に突っこんで四人を死なせた。プレイヤーキリング《player killing》。三月二十四日から六月にかけて、コソボ紛争でNATOがユーゴスラビアを空爆した。プレイヤーキリング《player killing》。その際、セルビア人による民族浄化はつづけられた。プレイヤーキリング《player killing》。四月二十日、コロラド州のコロンバイン高等学校で、生徒二人が銃を乱射したのちに自殺した。プレイヤーキリング《player killing》。

自殺説《suicide theory》。

確実に殺そうと思ったのであれば、銃弾が一発というのがおかしい。犯人も捕まっていない以上、自殺ではないかという話は、いまなお語られる。しかし自殺だとしても、胸を撃つというのはいかにも不自然であるし、謎の来客の説明がつかない。動機も不明だ。想像しようにも、なんというかジョンという人物は周辺の情報が少なすぎる。警察も殺人事件として捜査をしたため、この説の蓋然性は低い。

　知人説《acquaintance theory》。

　来客という要素から、おのずと誰もが想像したのがこれだろう。ジョンに恨みを抱く者、およびまたは《and/or》ジョンの莫大な財産を狙った者、エトセトラ。たとえば、エイデン・バーンフィールドに怪しいところはないか？　しかしジョンの知人は警察によって調べられているし、それらしい左利きの関係者もいない。このほかに、同僚説《co-worker theory》。これは本質的に知人説と変わるところはない。

　筋書き説《script theory》。

　ウェブの匿名氏たちの想像力を掻き立てるのがこの説であるが、唱えられるたび即座に否定されるという特徴がある。ジョンが「ヴィハーラ」の筋書き通りに生き、筋書き通りに死んだという話である。ただし、初期のコンピュータゲームである「ヴィハーラ」に筋書きらしい筋書きはない――それゆえに、いくらでも解釈が可能となっているものの。

　熱狂的なファン《fanatic theory》。

「ヴィハーラ」の熱狂的なファン――もしかしたら子供――がジョンのフラットを訪ね、それから銃撃したという話である。事件が何もわからなかったがゆえに、当時、こういう話がいくつも生まれた。この説の有名な祖の一つが、かつてまことしやかに語られた、マーク・チャップマンがレノンの熱烈なファンだったという話である。

陰謀論《conspiracy theory》。

なんでも最新のものを好む人のためには、陰謀論がある。それは常に更新されつづけ、常に最新の状態にある。ジョン銃撃陰謀論の最新のもの《latest version》はこうだ。ジョンはいまも生きており、トランプ大統領時代には、彼の側近を務めた。正体を隠し、闇の政府《deep state》や児童売春組織と戦っているということである。


――国民的ななにがしかというのは、往々にして、その人その人の個人的な記憶と紐づく。『物語論からゲーム論へ《From Narratology to Ludology》』を著したネイト・プロウライト助教授は、「ヴィハーラ」シリーズに触れながらこう語っている。以下、講演録より引用する。

――たとえば、家族でトム・クルーズの映画を観に出かけた。こういう記憶は、たとえ映画の内容を忘れていても残るものだ。「ヴィハーラ」の記憶というのは、つまり、「ヴィハーラ」に親しんだ我々の記憶でもある。たとえば、友人たちと攻略情報を交換しあったこと。あるいは、オーケストラアレンジされた楽曲を聴きにコンサートに足を運んだこと。

――「ヴィハーラ」と聞いて思い浮かべるのは何か。それは幸せな子供時代ではないだろうか。であるならば、それはマーケティング戦略としてはマクドナルドのそれに近い。つまり、子供時代から囲い、子供時代の幸福な記憶とブランドイメージを結びつけるというわけだ。むろんこれは結果であって、ジョン・アイヴァネンコが意図してそうしたとは言わないがね。

そもそも、初代「ヴィハーラ」を開発したときジョンは子供だったわけだ。

だとして、当の彼は幸せな子供であったろうか。

――エルヴィス・プレスリーにとって、ピーナッツバターとバナナのサンドイッチは、彼の幸せな子供時代を思い起こさせる、けれどもあくまで個人的な記憶だった。それに対してマクドナルドがもたらすのは、そして「ヴィハーラ」にあるのは、集団の子供時代の記憶だ。だから、エルヴィス・サンドは国民食にならなくとも「ヴィハーラ」は国民的タイトルとなる。

――しかしわからない点もある。それはジョン・アイヴァネンコの存在それ自体だ。

――なぜジョンは新たな時代の精神を象徴しえたのか。なぜ電子のゴールドラッシュの体現者になったのか。なぜデジタル・グールーになったのか。ジョンという人物は、およそこの国で成功しそうなタイプとは遠い。

――ジョンの何がアメリカの琴線に触れ、彼を文化的アイコン《cultural icon》に押し上げたのか。いくつか要素は思い浮かぶが、本質的とは思えない。むしろ、彼が何をしなかったかを挙げるほうが、的確に彼の姿を炙り出す可能性もある。

――彼はドラッグに溺れなかった。ボーイスカウトに入らなかった。離婚しなかった。結婚もしなかった。過食しなかった。シャネルを着なかった。トラックを運転しなかった。禅をやらなかった。ヨガをやらなかった。特定のマイノリティを代表しなかった。精神病棟に入らなかった。夢を語らなかった。自傷しなかった。性的虐待を受けなかった。

――並べるほどに、むしろこちら側のなんらかの偏見が浮かび上がってくる。目立たず、本来なら誰にも憶えてもらえないような性格――しかしそれが、アメリカ的なる生きづらさに対するアンチテーゼとして働き、アンチ・アメリカ的なアイコンとなった可能性はないか。

「ジョンはただのナードだよ。ぼくも、ジョンも、ただのナードだった」

エイデンは笑い飛ばす。

「プロム《prom》に行けないから、自分たちの庭を作る。本当にそれだけなんだけどな」

別れぎわ、エイデンは『ヴィハーラ・オンライン』はいまも遊べると教えてくれた。調べてみるとその通りだった。プラジュナ社から別会社に運営を移して、アップデートをつづけているようだ。レビューの動画もあった。さすがに人は減ったものの、いまもぽつぽつとユーザーの姿を見ることができる。まだ新規ユーザーの登録もあるとのことであった。

人の減った街を歩き、フィールドを探検してみた。現在は3Dのクライアントもあるが、やはり、トップビューの昔ながらのものがいい。あまり憶えていないのは、当時はワープばかりしていたからだろう。

ジョンが一貫して作ろうとしていたものは、彼の居場所だった。結果としてそれはほとんど万人の居場所となり、そこで流れる曲は国歌と呼ばれるまでになった。抽象化された人類《peoplekind》が闊歩し、「アフリカ系だろうと、アジア系だろうと」参加できたジョンの世界は、彼の思惑がどうあれ、アメリカの陰画である。ジョンが参加を望んだだろうなにがしかの影。——あるいは、アメリカ以外のすべて。

アメリカという幻想の賛歌を書いたという点で、ジョンの曲は、正しく国歌であったのだ。

死と割り算

メイン州ホワイトヴィルは冬になるとその名の通り雪に覆われ、スキーやスノーボードに興じる山はおろか丘もなく、人々はおおむね仕事や買い出しのほかは家にこもって犬猫とともにストーブを取り囲む。海から離れているためとりわけシーフードが美味《うま》いというほどでもなく、新しい村であるため入植当時の名残りがあるわけでもない。やや保守的な傾向はあるものの、そう極端でもない。中心部には教会が一つ。取り柄は平和くらいのものであったが、二年前の一月三日、その平和も破られた。教会から三分の一マイル北のモーテルで、この世は仮想世界だとする学者がナイフで刺殺され、現場を訪れたハーヴェイ刑事が「**御名の第一の文字は語られた**」とする紙片を見つけ出した。事件はそのまま迷宮入りし、人々もそのことを忘れ、ふたたび平和が戻ったと思われた去年の一月二日、極寒のなかパトロールしていたヘンリー巡査が、教会の二分の一マイル北の古いペンキ屋の入り口で、男の刺殺体と、その傍らにチョークで書きつづられた一文、「**御名の第二の文字は語られた**」を発見した。この事件も迷宮入りし、人々が悲劇を忘れつつあった今年の一月一日、教会から一マイル北、よからぬ盛り場にある宿、リヴァプール・ハウスのひさしに「**御名の最後の文字は語られた**」との一文が卑猥《ひわい》な絵とともに書き殴られていた。死体こそ出なかったものの、これまでの経緯が経緯であるので、ハーヴェイは新年早々現場に駆り出され、落書き以外に何もないことを確認して署に報告し、犬猫のもとへ帰った。

夏ごろになり、一連の事件は結局なんであったのかと、いまさら署で話題となった。

犯人が野放しであるのは悔しいが、とにもかくにも「最後の文字は語られた」以上、これで終わりだという意見が大勢を占め、普段ドーナッツばかり食べていてろくに仕事もしないバーニーが「神の御名はＪＨＶＨの四文字だ」と主張したが、普段ドーナッツばかり食べていてろくに仕事をしていなかったがため、黙殺された。やけになったバーニーは東洋思想に目覚めてネパールで修行をすると言って退職し、いなくなったらいなくなったで気になるもので、やはり事件は四つ起きるのではないかとハーヴェイたちは検討に入った。最初の事件は一月三日で教会から三分の一マイル先、二つ目は一月二日に教会から二分の一マイル先、そして今年の出来事は一日に一分の一マイル先で起きた。したがって来年事件が起きるとすれば〇日の〇分の一マイル先となる道理で、それは具体的にいつどこなのだと署長が問い、存在しない日の無限遠ですとヘンリーが答え、コンピュータなら誤作動しますけどと付け加えたところで署長に殴られて被害届を出して揉《も》み消された。

結局のところ、ハーヴェイらの懸念は確かに重大ではあったものの、見ようによっては杞憂《きゆう》とも言えた。翌年へのカウントダウンが終わった瞬間、世界全部が消滅したからだ。

国境の子

絵を描かない子供だった。

そのかわりに好んで描いたのは、三角形や四角形といった図形だ。来る日も来る日も、ぼくは画用紙やチラシの裏に図形を描きつづけ、恍惚《こうこつ》とした。小さかったぼくを、何がかき立てていたのかはわからない。

ただ、こんなことを感じていたことは憶えている。

図形はぼくにとって、島の山々を覆う森であり、これからイカ漁に出る船であり、観光客を乗せて狭い道を飛ばして走るバスでもあった。図形には、そのすべてが内包されていた。いっこうに絵を描かないぼくのことを、母がどう思っていたのかはわからない。

最初、母はぼくに絵を描かせようとした。

が、やがて諦めて、ある日コンパスと定規を買ってくると、それらを使った綺麗《きれい》な図形の描きかたをぼくに教えた。コンパスと定規は、ほとんど魔法の道具だった。ぼくはコンパスと定規を使って、ますます図形の世界に没頭していった。

母がそのような性格であったのは、ぼくにとっては幸いだった。

幼いぼくは、母から二等辺三角形や台形や菱形《ひしがた》といった概念を学んだ。ノートを買い与えられたので、ぼくはますます調子に乗って図形を描きつづけた。あとになって、幾何《きか》の成績だけがいいと言われた所以《ゆえん》は、このあたりにある。

ぼくは長崎県の対馬《つしま》に生まれた。

父のいない子で、母は韓国人オーナーの経営する民宿に勤めていた。

小さな島のことなので、周囲の人間は父親は誰かとさまざまに噂《うわさ》しあった。その一番有力な説は、オーナーが呼び寄せた韓国人従業員だというものだった。実際、ぼくは夜の海辺で二人が抱き合っているところを見たことがあるので、この説が正しかったのだろうと思う。

小学校に上がってからのぼくの仇名《あだな》、「韓国さん」はこれに由来するものだ。

そういうこともあって、母はぼくを身ごもったころから勘当寸前になったそうだが、いざぼくが産まれてみると、祖父母は孫の顔を見るやそれまでのいざこざのいっさいを忘れ、祖父母と母、そしてぼくの四人暮らしがはじまった。

祖父はイカ漁をして生計を立てていた。

家があったのは、厳原《いづはら》という町の近くだ。

その一軒家で、ぼくは例によって図形に没頭する日々を送っていた。それは幼稚園に上がっても変わらなかった。図形ばかり描くぼくを見て、進んでいた先生が、これは発達障害ではないかと母に伝えたが、母は持ち前の明るさで、

「この子はこういう子やけん！」

と突っぱね、ぼくのことを守り通した。

ただ、危ないという理由でコンパスを持っていけないのは残念だった。

六歳になり、小学校に上がったとき、ぼくはもう「韓国さん」だった。

ただそう呼ばれていたというだけで、いじめられたりはしなかったものの、ときには子供特有の残酷さで疎外されることもあった。あるとき、皆で宗家《そうけ》の墓所を探検しようという話になったとき、ぼくは「韓国さん」であることを理由に、そこに混ぜてもらえなかった。

「韓国さん」とはどういうことなのか。

何が違うというのか。なんで、つれて行ってもらえないのか。

皆が冒険に出ているあいだ、わけもわからず、ぼくは突堤《とってい》に立って一人で泣いていた。それを救ってくれたのは、突堤で釣り糸を垂らす親子づれの韓国人観光客だった。女の子はぼくと同い年くらいで、釣りに飽きていた様子でもあり、ふと寄ってくると、

「なんで泣いてるの?」

と、そういった意味のことを喋《しゃべ》った。おそらく韓国語であったろうから、正確なところはわからない。けれど、きっとそうであるに違いなかった。この時期の子供は、言葉なしに会話をし、言葉ならぬ言葉で交歓する。

ぼくらはたちまち仲良くなり、女の子の両親もそれを微笑《ほほえ》ましそうに見守っていた。

女の子とはすっかり打ち解けて、また明日ここで会おうという話になった。おそらく、一家は観光のスケジュールを変更してくれたのだろう。翌日も、その翌日も、ぼくらは突堤で会って、言葉ならぬ言葉を交わしながら一緒に遊んだ。

一家がフェリーで帰国するというとき、ぼくは見送りに行った。

女の子が手を振り、ぼくも手を振り返し、そしてまた泣いた。女の子の母親がぼくに近寄ってきて、何事か耳打ちした。大人の言葉であるので、残念ながら意味はわからなかった。ただきっと、「自分を強く持ちなさい」とか「あなたはあなたなのだから」とか、そういった人生のアドバイスであったのだろうと想像する。

去りゆく船がPM2・5の霞《かすみ》の向こうに消えてからも、ぼくはずっと港に立っていた。その日はじめて、ぼくは絵を描いた。港と、そこから去りゆく船だ。慣れないクレヨンを使ったせいで、何がなんだかわからないような絵だったけれど、母は一言、

「これ、好きやちゃち」

と短い感想を述べ、額に入れて飾った。二〇一九年五月一日、改元の日だった。


母が泣いているのを一度だけ見たことがある。

あとでわかったことだけれど、同じ年、日韓関係が悪化したことにより、観光客が激減して民宿の経営を圧迫した。これを受け、ぼくの父である韓国人従業員が帰国することになった。家で泣く母を祖父母は傍観し、ただ一人、ぼくだけがおろおろと右往左往していた。

やがて母は泣き疲れると、小声で歌を歌いはじめた。

「サランヘ」という韓国の歌だ。母がときおりこれを口ずさむのを、ぼくは幾度か耳にしたことがあった。

サランへ《愛しています》　タンシヌル《あなたを》
チョンマルロ《本当に》　サランへ《愛しています》
タンシニ《あなたが》　ネギュトゥル《わたしの》　トナガン《もとを》　ティエ《去ってから》
オルマナ《どれだけ》　ヌンムルル《涙を》
フルリョンヌンジ《流したか》　モルンダオ《わかりません》
イエイ　イエイ　イエイ……

声はかすれ、ぼくには音の羅列のようにしか聞こえなかった。でも、このときぼくは、はっきりと知ることができた。父がいないのが当たり前の世界だった。けれども、ぼくには確かに父が存在し、母はいまも父のことを愛しているのだと。

祖父母は複雑そうな表情を覗《のぞ》かせていたが、歌を止めるようなことはしなかった。

＊

ぼくが「韓国さん」でなくなったのは、高校進学を機に、対馬を離れ福岡の寮に入ったときだ。寮にはさまざまな出自の学生がいて、ぼくのルーツなど気にする人間はいなかった。この高校時代、ぼくは自由を謳歌《おうか》するとともに、はじめて、自分が「韓国さん」と呼ばれて傷ついていたのだと自覚することができた。

もっとも、いいことばかりではない。

本格的に普及しはじめたＡＩによって消滅する仕事も増え、社会がこれからどうなっていくのか、はっきりしたことが誰にも言えない時期にあった。まして、高校生のことだ。将来の展望なんかまるで見出せない。だからこそ、自由に空騒ぎをしていた面もあったことは否めない。

ぼくは教師と相談を重ね、プロダクトデザイナーの道を目指すことに決めた。

世の製品全般、家電製品や生活用品などをデザインする仕事だ。これなら手に職と言えそうだし、何より小さいころから図形ばかり描いていたぼくに合っているように思えた。

それから祖父の援助を受け、工学部のデザイン学科に進んだ。

祖父からすれば、ぼくが対馬から遠ざかっていくのは寂しいはずだ。けれど、何も言わずに学費やら何やらを援助してくれた。だからぼくも仲間との空騒ぎをやめ、勉強に励んだ。

なんとか中小企業のメーカーの内定を得て、ぼくは上京した。

ぼくがはじめて絵を描いたあの日から十六年後、二〇三五年のことだった。


その前に、祖父の死について触れなければならない。

祖父はぼくが大学四年のときに亡くなった。嵐のなか、無理に漁に出て海難事故に遭ったということだった。なぜ経験豊富な漁師がそんなことになったのか、周囲の人間は訝《いぶか》しんだそうだが、ぼくはその理由を直感してしまった。

ぼくのために、頑張りすぎてしまったのだ。

フェリーで故郷に戻り、鯨幕《くじらまく》の前に押し並びながら、ぼくは旧知の誰かが突如現れて「韓国さん」と声をかけてくるのではないかと、そんなことを恐れていた。

祖父を喪《うしな》った悲しみに専念できないくらい、「韓国さん」の呪いは深かったのだ。


プロダクトデザイナーの世界は、想像していた以上に人とのつきあいの多いものだった。

デザイン部はぼくを入れて三人。

最初は、ICレコーダーのデザインの仕事だった。まず、営業やハードウェア担当の人間とやりとりを重ね、企画意図や製品仕様について理解を深める。

それからラフを描いて、社長も出席するデザイン会議に持ちこむ。

主に社長の意見を採り入れ、ラフを更新する。このサイクルがしばらくつづく。

次に、コンピュータ上で設計をして、モックアップと呼ばれる試作品を作る。ここでまた、変更が入ることがある。最初に意図していた意匠や、人間工学に基づいた設計といったものは、最終的に消滅していることもままある。

デザイン会議で、プレゼンテーションがうまくいかずに恥をかくこともあった。

部の先輩である大内《おおうち》さんや木谷《きたに》さんは、ときおり酒席で愚痴《ぐち》をこぼす。

が、ぼくにはやりがいのある仕事であるように感じられた。

家に帰ったあとは、昔やっていたようにコンパスと定規で正三角形を描いたりした。ぼくはどこか抜けたところがあり、次々と図形を描いているだけで、つらいことはだいたい忘れられるのだった。


抜けているものといえばもう一つ、衣食住だ。

ぼくはもとより衣食住に頓着《とんちゃく》しないところがあり、部屋も1Kにソファベッドを一つ置いただけのような場所だった。キッチンが使われることはまずなく、会社近くのチェーンの蕎麦《そば》屋で夕食を済ませた。服装は、吊《つる》しのスーツを何着か使い分けるだけ。

服装自由の職場でなぜスーツを着るのかとたびたび問われ、

「そのほうが面倒がありませんので」

とそのつど答えた。その後に訪れる沈黙をどうにかする術《すべ》は、持たなかった。

職場でのコミュニケーションは苦手だった。相手がこちらに何か質問し、それにぼくが答える。それで会話が終わり。そういう場面も多々あった。結果として、やや異分子扱いされながらも、真面目だけが取り柄というようなキャラクターが社内ではできあがった。

同僚はいても、友人はいなかった。特にそれで困るということも、またなかった。


社長は総じていい人間だったがかんしゃく持ちだった。

あるときなどは、プレゼンテーションの場でぼくが口ごもったところで、

「うちの製品は性能では負けてない。それが苦戦するのはデザインのせいだろ!」

と皆の前で罵《ののし》られたことがあった。

ぼくの顔は紅潮し、ますます何も言えなくなってしまった。

同席していた先輩の木谷さんは、しょんぼりするぼくを慰めるために居酒屋に誘ってくれた。普段なら愚痴をこぼす側の木谷さんが、この日は妙に複雑な物言いをした。

「うちのボスは竹を割ったような性格なんだよ」

というのが彼の見解だった。

「ただ、ときどき竹ごと割られちまうんだけどな。あはは」

なんの慰めにもならない一言だったが、木谷さんの気持ちは嬉しかった。

ぼくはそれを言葉にしたいと願ったのだけれど、ぼくが感謝の言をつむぐ前に、木谷さんのほうから何か話し出す。結局、その日もどこか噛《か》み合わないままお開きになってしまった。

居酒屋は賑わっていた。

店員はベトナム人で、タブレットを介した注文を元気に持ってくるのが印象に残った。

高校のころに読んだ本では、これからはデリバリーの食事が中心となって外食産業は衰退するとあったが、いまのところ、そのような様子は見られなかった。


あるとき、オフィスで製図ソフトの画面と睨《にら》めっこしながら、ぼくはふとつぶやいた。

「データを流しこめば売上予測をしてくれるＡＩがあったでしょう」

いったん画面から目をそらし、眉間《みけん》のあたりを押す。

「あのソフト、うちでも使えないものでしょうか。それさえあれば、あの雲をつかむような会議だって……」

「検討されたことならある」そう答えてくれたのは隣の大内さんだ。「でもな、おまえ。そのＡＩ、いったいいくらすると思う？」

「さあ……。百万円くらいとか？」

「一億円だ」指を一本立てて、大内さんがため息をつく。「うちのような中小じゃどうにも手が出ない。人間を使うほうが安いってわけだ」

「一億？　どうしてそんなに？」

「ＡＩそのものはシンプルなんだが、アノテーターと呼ばれる人たちが、人海戦術でデータを入力している。データ自体にも金がかかる。これでも、だいぶ安くなったんだがな……」

話はそれまでだった。

そもそもがＡＩに脅威を感じ、選んだ仕事だ。それなのに、費用の問題でＡＩを使えない。ぼくもまた、時代に振り回された一人なのだ。そう考えると、笑ってしまいそうになった。

＊

ぼくは二十六歳になり、社会人として五年目を迎えた。

母とのメールのやりとりなどはあったが、祖父が亡くなって以来、対馬へ戻ったことはなかった。そんなおり、突然仕事中に祖母から電話があったので驚いた。

母が入院した。がんが疑われているのだという。

とにかく一度帰ってきて、顔を見せてやってくれないかという話だった。困って社長に相談したところ、ちょうどプロジェクトの狭間《はざま》であったのと、相手の機嫌のいいタイミングであったのとで、一週間の休みを快諾してもらえた。そこでぼくはたまっていた有休を消化することに決め、対馬までの便を手配した。

福岡で国内線を乗り継ぎ、プロペラ機に乗りこんだところで、そういえばフェリーではなく飛行機で対馬と行き来するのは、はじめてのことだと気がついた。プロペラ機は離陸して十五分も経たないうちに着陸態勢に入り、機内でのサービスは飴《あめ》一粒で済まされた。耳が急激に痛くなり、ぼくは慌てて鼻をふさいで耳抜きをした。

空港に降りたところで、自動運転のレンタカーを借りた。

ここ、対馬の自動運転の歴史は存外に長い。二〇一九年には、バスの自動運転に一千五百万円を投じるとともに、明治《めいじ》大学らと共同で自動運転のバスを走らせている。ぼくがはじめて絵を描いた年、そしてはじめて母が泣いているのを見た、あの年だ。

背景には人口減と高齢化がある。

ぼくが対馬を去ったとき二万人強だった人口は、一万六千にまで減じていた。そして、高齢者の割合が高い。そんな高齢者のための足として、自動運転のバスを使う方針のようだった。

ぼくは運転席について、ナビゲーションに行き先を告げ、しばし微睡《まどろ》んだ。

ときおり目を開けたときに入ってくる島の景色は、以前とそう変わらないものだった。

厳原近くのあの家に着いたときには、もう日が傾きかけていた。

そこで見舞いは翌日に回すことにして、ぼくは祖母の作った焼き魚を食べた。祖母一人になってしまった家は広く感じられ、ぼくが以前描いた絵も、いつの間にかどこかに消えていた。

夜、腹ごなしに散歩をしていると、いつかの突堤で韓国人観光客の一家が夜釣りを楽しんでいた。あのときぼくに声をかけてくれた女の子も、もう二十代のなかばだ。そして、あのとき確かに自分が心を救われたことを、昨日のことのように思い出した。

「釣れますか」

見知らぬ一家に、ぼくは英語で話しかけてみた。

島民と観光客の距離は、あいかわらず遠い。相手は一瞬ぎょっとした表情を覗かせたが、すぐに笑みを顔に貼《は》りつけ、英語を返してきた。

「いま一つです。ここは釣れると聞いたのですが……」

翌日、ぼくはレンタカーを走らせて母の入院先の病院へ向かった。

ベッドで横になる母は前より痩《や》せこけ、老いていた。けれどもぼくの姿を見るとぱっと表情を輝かせ、こちらが心配するよりも先に、前よりも痩せて見える、毎日ちゃんと食べているのかと逆に心配されてしまった。

なんだか拍子抜けしながら、病院はどうかと訊《たず》ねると、「さえん」と一言だけ返ってきた。

それからベッドの柵越しに、ぽつりぽつりと話をした。やがて昔話になった。

「この子はこういう子やけん！」

と母がぼくを守ってくれたことを話したが、母はそのことを忘れていた。それどころか、図形ばかりを描いていた妙な子供であったことも忘れていた。こういう性格だから、図形の件も問題視されなかったのだろうとなんだか腑《ふ》に落ちる一方、こうも思った。

ぼくたちは、なんでもかんでも忘れてしまう。

記憶を司るぼくらの脳の海馬《かいば》は、まるで目の粗いふるいのようなものだ。

むろん忘れられないこともある。

二時間余りが経ち、話も尽きようかというとき、母は急にあの歌を小声で歌い出したのだ。

サランヘ　　タンシヌル
チョンマルロ　　サランヘ
タンシニ　　ネギュトゥル　　トナガン　　ヴィエ
オルマナ　　ヌンムルル
フルリョンヌンジ　　モルンダオ
イェイ　　イェイ　　イェイ……

イェイ　イェイ　イェイ……

離ればなれになって、もう二十年が経つ。それでもまだ、母が父を想っていたことが伝わってきた。こう言ってはなんだけれども、意外でもあった。

それから、不意に母がぼくに訊ねた。お父さんに会いたいと思うか、と。

正直なところ、ぼくは自分の気持ちがなんなのかわからなかった。物心ついたときから、父はいないものだったのだ。わからないと母に伝えたが、母はベッドの脇に置いてあったポーチから財布を取り出すと、レシートの裏に父の住所と携帯番号を書きつけてぼくによこした。

釜山《プサン》だった。

＊

フェリーが出て間もなくして、PM2・5の霞の向こうに半島の先が見えてきた。

パスポートはあった。会社の工場がフィリピンにある関係から、荷物をまとめる際に習慣的に放りこんでいたのだ。が、ことここに至っても、自分が父と会いたいのかどうかはわからなかった。

知りたかったのは、父と母の関係、かもしれなかった。

対馬から釜山は、フェリーでおよそ一時間。会おうと思えば、いくらでも会える距離にあるのだ。いや、事実、そういうこともあったのかもしれない。

祖父母から結婚を許されなかったという話は、中学のころに母から聞かされた。

それにしても、わずか一時間という距離で、二人が諦めてしまったことは不思議に思える。そういう、二人のあいだの関係、機微《きび》のようなものをぼくは知りたかった。

そして、目的地が近づくにつれ、否応なしに想起された。

ここでは、ぼくはもう「韓国さん」ではない。「日本から来た子」なのだ。


港からバスや電車を乗り継ぎ、西面《ソミョン》という町に宿を取った。レシートに書いてもらった住所のそばだ。繁華街で、町並みはぼくが学生時代を過ごした福岡を思い起こさせた。

宿のベッドに荷物を下ろしたところで、どっと疲れが押し寄せ、小一時間ほど眠った。

目を覚ましてから、携帯を前にさらに小一時間ほど悩んだ。

母は父を想っている。それは間違いないだろう。でも、父にすでに家庭があったら？　妻や子がいたら？　それは充分にありえそうなことに思えた。だから、ふたたび対馬に戻って来ないのだとも考えられる。

そこに、突然に「日本の子」がやってきたらどうなるだろうか。少なくとも、憚《はばか》られる。

悩んだ末、えいや、と心中で唱えて相手の携帯に発信した。悩んだ末だったが、五コール目くらいで、自動応答の韓国語の案内とともに、留守番電話に案内されたので拍子抜けした。

ぼくは咄嗟《とっさ》に英文を作り上げ、それを読み上げた。

あなたの日本の子です、いま近くの西面に泊まっています。都合が合うようなら、会うことはできないでしょうか……。

向こうからの着信があったのは、さらに三十分くらいが経ってからだった。

「近くに住んでいる。宿の名前は？」

ぼくと同じ、片言の英語だ。ぼくは宿の備えつけのメモ用紙を見ながら、名を読み上げた。

「迎えに行く」

相手がすぐに応えた。

「十五分くらいで着くと思う。それで大丈夫か？」

宿のロビーで待っていると、やがて髪の薄くなりかけた中年の男性がぼくを迎えに来た。

「大きくなったな」

と、これは世界共通の第一声だろうか。

それから、家が近くだから来い、デリバリーの食事を食べようと言う。

父の家まで歩く道、いま何をやっているのかと訊ねてみた。

「いまはアノテーターをやってる」

一瞬、聞き慣れぬ単語だと思ったが、すぐに同僚の話を思い出した。

「アノテーターっていうのは、その、なんだ……」

「人工知能」

ぼくが短く応じると、そうだというように頷きが返った。

韓国の部屋は広いと聞いていたが、父の部屋はワンルームで、そこにごちゃごちゃと衣服かけやらPCデスクやらが押しこまれていた。

驚いたのは、いつかぼくが描いた絵が飾ってあったことだ。

ぼくが絵の前で立ち止まっていると、

「お母さんが送ってくれてね」

と父が湿《しめ》りがちに口を開いた。

「手紙で、近況を送ってくれるんだ。きみのことも書いてあったよ」

そう言って、手紙の詰まった段ボールを棚から出してくる。

「プロダクトデザイナーをやってるんだってな。仕事の調子はどうだ？」

驚いてしまった。

船で一時間という距離にあって、それもEメールもあるというのに、父と母は二十年間、ずっと文通をしていたのだった。なぜそんなことを、と思う一方、腑に落ちるところもあった。それは確かに、父と母らしいと思わせるものだったからだ。

「仕事は悪くないよ」

なんとなくどぎまぎしながら、ぼくはそんなようなことを答えた。

「ただ、高いAIを使わせてもらえなくて……。全部、ハンドメイド」

ハンドメイドか、と言って父は笑った。

「俺たちと同じだな」

両親の文通と同じ、ということだ。そうだね、と答えてぼくは笑った。少し涙が出た。


デリバリーが来るまでのあいだ、もう少し話をした。

なぜ父と母が結婚できなかったのか、詳しい話を聞くこともできた。うちの祖父母は、父が母を韓国へつれて行ってしまうことを恐れたのだという。言われてみれば、確かにそれもありそうな話だ。

父は母の入院のことを知らなかった。

もらった紙切れに母の入院先を書くと、必ず見舞いに行く、と父は約束した。


対馬へ母の見舞いに行ったはずのぼくが韓国土産を買ってきたことで、ぼくは社内で説明を迫られることになった。釜山は、対馬からわずか一時間の距離にある。そう言うと驚かれた。

二〇三九年になっても、韓国はあいかわらず近くて遠かった。

ただ、会社では意を決して明かしてみることにした。部内の飲み会で、自分が韓国人とのダブルで、父が釜山に住んでいるのだと告げたのだ。それは勇気のいることだったが、ふたたび仇名が「韓国さん」になってしまってもかまわないと、なぜだかそう思えた。

ここに、木谷さんが驚きの告白をかぶせてきた。

「俺の母親なんてネパール人だぜ」

居酒屋で働くネパール人の看板娘を父親が口説《くど》き落とし、結婚まで持ちこんだのだという。木谷さんの顔立ちからそれがわからなかったのは、母がチベット系のモンゴロイドだったからのようだ。

「どうだ、恐れ入ったか」

そう言って笑う木谷さんの顔に屈託はない。


母の手術が成功したらしいことを、ぼくは祖母からの電話で聞いた。

父が見舞いに来たのかどうかはわからない。おそらく、来たのだろうと思う。そこで二人のあいだでどのような話がなされたのかは、当人たちにしかわからない。

「真面目だけが取り柄」のぼくが、しばしば木谷さんと一緒に遊びに行くようになったことを、会社の人たちはしばらく不思議そうに眺めていた。が、まもなくして、これも人間同士の不思議な力学で、なんとなくそういうものなのだろうと自然に受け入れられた。

あいかわらずAIも使わせてもらえない。

でも、いまぼくがいる現在は悪くない。

南極に咲く花へ

南極に咲く花へ

宮内悠介

君を訪ねるには飛行機でざっと50万
それに目的だってちゃんと書類に書かなくちゃ
あるだろう？　いろいろ手続きってやつが
わかってる　ぼくは一人でいるのが好きなんだ

そうさ　君の瞳があると、ぼくは濁った川、刈られた木々を忘れてしまうんだ

砂漠のアラベスクから　南極に咲く花へ

海は荒れているかい？
雲は変わらず落ちそうなほど低いままかい？
大切な人の名前を忘れてないかい？
寂しさのあまり暁光《ぎょうこう》を呪ってはいないかい？
大丈夫、それは君のせいじゃない
君がやるべきことは、花を咲かせることなんだから

君を訪ねるにはさらに船を乗りついで
わかってる　僕ら別の道に向かってる

たぶん　君の寝顔があると、ぼくはこの火薬をもう腹にはきっと巻けなくなるんだ

砂漠のアラベスクから　南極に咲く花へ

虚空に葉を広げ　氷に根を張って
御使《みつかい》のダブルタンギングに耳澄ませれば
不毛の土地を君は笑えるだろう？
ペンギンたちを振り向かせるだろう？
たとえ、心ない観光客に摘まれてしまうことがあってもさ

砂漠のアラベスクから　南極に咲く花へ

海は荒れているかい？
雲は変わらず落ちそうなほど低いままかい？
大切な人の名前を忘れてないかい？
寂しさのあまり暁光を呪ってはいないかい？
大丈夫、それは君のせいじゃない
君がやるべきことは、花を咲かせることなんだから

OTOGIBANASHI 02｜南極に咲く花へ　5分06秒
唄：坂本真綾
作曲：水野良樹
Sound Produce & Arrange by 江口亮
Drums　城戸紘志　E.Bass　御供信弘　Keyboards　平畑徹也
All Other Instruments　江口亮
Recorded & Mixed by　高須寛光 at MIT STUDIO, VICTOR STUDIO
坂本真綾 appears by the courtesy of FlyingDog, Inc.

あれはいつだったかな。

このこと、きみに話したことあったっけ。

二〇〇三年のいまごろ、ぼくは涸《か》れ川にかかった長い錆《さ》びた橋を越えて、陸づたいに、インドからネパールの東側に入ったんだ。足で国境を越える瞬間の、不安だけど、でもわくわくする感じが、癖《くせ》になりつつあったころのこと。

国境を越えてからは、すぐ山へ入った。あの国の山村は、尾根に作られることが多い。だから、街の中央通りを雲が流れたりもする。そういう尾根の村々をめぐって、一週間くらいして、首都のカトマンズに入った。

ちょっと疲れてたから、熱いシャワーの出る宿を取って、それから美味《おい》しいと評判の日本料理屋でカツ丼を食べた。料理の味よりも、そこかしこから日本語が聞こえてくるのが、なんだか幻聴めいててふわふわと不思議だった。古いブラウン管のテレビが、NHKのニュースを流してた。その店で、ロシアの大学で教えてるっていう風変わりな日本人の学者さんと会った。日本語に飢えてたから、いろんな話をした。そのなかで、いまもはっきり憶《おぼ》えてる話がある。

南極に、花が咲くスポットがあるっていうんだ。

びっくりしたよ。

そもそも南極に行けるなんて発想がなかったし、まして花が咲くなんて思いもしなかった。だから、いろんなことを訊《き》いた。その人によると、南米でうまいこと南極行きの安い船を見つけて、運がよければ、花の咲く場所に降ろしてもらえるってことだった。あとはそう、学術目的ということにして、レポートか何かをでっち上げる必要があるとか。でもいまはクルーズ船とかがいっぱいあるから、たぶん、そんな手間はいらないんだろうね。

それから、折に触れて南極の花の話を思い出すようになった。

こんなふうにも思った。ぼくはもしかしたら、旅をしながら生きるその最後に、南極の花を目にするんじゃないかってね。


旅から一番遠いところにいたのは、そのわずか数年後のことだ。ぼくは巷《ちまた》のソフトハウスに就職して、その後に別の会社の立ち上げにかかわった。これはまあ、そばにいたきみがよく知ってるか。飄《ひょうひょう》々と生きてきたつもりが、そうならなくなってきたころだ。

思うに、ものを作ったり書いたりしようって人間は、会社の立ち上げとかにかかわってはいけなかったんだ。責任のありようとか、そういうやつがちょっとだけ変わってくる。もっと言うと、会社を育てるってのは、やりがいがありすぎるんだ。

まもなくして、二十四時くらいに帰るのが当たり前になった。ものを書くために、組織ってやつを知っておこうとして、まんまと組織に取りこまれたってわけだ。

そう。そのころぼくは小説を通して世に出たいと願っていた。というより、すでに自分は作家だと疑問なく思っていた。なのにそれが、そう思えなくなってきていた。昼休みに喫茶店でノートに小説を書いたとか、いまはインタビューで話したりしてるけど、あの時期、あの季節、ぼくが実のところ一行も書けていなかったのは、きみもよく知る通り。

なんだか比例するみたいに、きみも書かなくなっていった。

そんなきみに、一行も書いてないぼくが書けだなんて言うんだから、たまったものじゃなかったな。ごめん。あと、なんか変なアパートに住んでたね。縦長の物件で、台所の床は市松《いちまつ》模様で、奥に行くほど細くて、その一番向こうに布団《ふとん》を一組だけ敷いて。

物書きの卵二つの仮住まい。

いざこうやって言葉にしてみると、あ、これ駄目そうだ、って思えるのはなんでだろうね。でもあのときは、与えられたわずかな時間を、きみと一緒のものにしたかったんだ。きみがそう望んだからってのもあるけど、結局はぼくが自分の判断でそうしたってだけだ。だから、そういうときこそ書く人間を、ぼくはちょっと尊敬する。人としてどうかとか、そういうのと別次元の問題として、それは単純にすごいことだから。なんにせよ、あれは袋小路《ふくろこうじ》だったね。

袋小路の二人が、袋小路みたいな部屋にいた。

それだけ。

――クイズ。人の体内には、進化の過程で海から持ち帰ったものがある。どこでしょう?

――どこって、そりゃ全部だろ。体液が塩辛いのも、そういうことじゃないの?

――察しが悪いきみらしいよ。質問の意図ってやつを汲《く》んでみて。

――そうだね。じゃあ、脳の海馬《かいば》。ぼくらの記憶を司《つかさど》り、いまこの瞬間も働いてる。

――そういう駄洒落《だじゃれ》みたいなやつじゃなくって"

――ギブアップ。

——十億年前、繊毛《せんもう》細胞で重力や加速度を捉《とら》える耳石器《じせきき》がクラゲに備わった。魚がそれを発達させ、繊毛で水の流れをとらえるようになった。並行して生まれたのが、三半規管。これを、わたしたちの祖先が海から陸へ持ち出した。

——蝸牛管《かぎゅうかん》も？

——そう。あの渦巻《うずま》きのなかに、わたしたちは海と繊毛を忍ばせてるってわけ。

そんなきみの声が、ほかの女性よりも少しだけ高い、だいたい三〇〇ヘルツくらいだったのは、いま振り返るとちょっと示唆《しさ》的だったなって思う。

——クイズ。愛の反対はなんでしょう？

——なんだろう。きみのことだし、〝無関心〟は外れなんだよね？

——うん。たぶん好きの度合いがあって、それがゼロなのが無関心。だから反対じゃない。

——じゃ、ストレートに〝憎い〟で。

——それも外れ。これは宿題、考えておいて。

会社は移転を重ね、そのつど大きくなっていった。

反面、会社が会社らしくなっていくにつれて、だんだんと、自分はもう放浪者ではないらしいということが、一つの事実としてのしかかってきた。それからだ。朝、タイムカードを押す瞬間。あるいは、誰もいなくなった深夜に新人の書いたプログラムを確認しているとき。不意に、かつて訪れた海外の景色、海や街や森や砂漠が心に浮かび上がるようになった。

中東の紛争地の旅を思い出した。

雇った車は幾度《いくど》も砂嵐に巻きこまれ、視界は悪かった。砂嵐はどういうわけか、車のなかにまで入りこんできて、歯を食いしばると奥歯のあたりで砂が鳴った。ほかの車の姿もなくなったころ、赤い岩山の前、水量の落ちた川のほとりでブレーキが踏まれた。

ここなら誰の目もない。

もしかしたら殺されるのかな、と思った。

そうではなかった。運転手は外に出てカーペットを敷くと、おそらくはメッカの方角に向けてひざまずき、身を伏せ、祈りはじめた。声は、風に掻《か》き消されて聞こえなかった。日も暮れて、だいぶ経《た》ってから街に着いた。

ガイドブックに載ってるみたいなモスクがあって、聖典を織りこんだアラベスク模様が壁面を覆《おお》っていた。アラベスクは文様であり、文字だ。そうであるのは、偶像崇拝が禁止されているから。会社の机で我に返って、思った。あれはぼくだ。

文字にすべてを見出《みいだ》している。

文字に救いに似た何かを求めている。

たとえそれが、きみの望みとは違うかもしれなくても。

それから昼休みは一人で取るようにして、喫茶店で最低一ページと決めてノートに物語を書きはじめた。学生時代の文章修業は見る影もなくて、とにかく笑っちゃうくらい下手だった。同時に、きみとのすれ違いが増えてきた。ここには何か法則がありそうだけど、単に偶然だったかもわからない。さすがに、昔のことすぎてちょっと思い出せない。

喧嘩《けんか》ばかりになった。

控《ひか》え目に言って、ぼくらはうるさい二人だった。どちらも負けず嫌いだったから、そしてたぶん挫折《ざせつ》して鬱屈《うっくつ》してたから、言いあいは延々終わらなかったし、言っちゃいけないようなことも、だいぶ言うようになってしまった。しまいには、お互いの一挙一動が気に入らなくなって、どうでもいい衝突ばかりくりかえした。あのときのお隣りさん、ごめん。

結局のところ、ぼくらは遠すぎたんだと思う。

南極の花と、砂漠のアラベスクくらいに。

それでも、きみが夕食を作って待ってくれた日があったんだ。食通だったはずのきみが、百均のスーパーで肉と野菜を買って炒《いた》めたやつだ。あれは、なんていうかまずかった。それはたぶん、ぼくの一口目で伝わってしまった。でも、心があった。それを伝えたいのに、伝えられなかった。「それってつまりまずいってことだよね?」ってなるのが明らかだったから。

ぼくはいつも先を読みすぎて、大事なことを何も伝えられない。

このあたりが、最後のきみの記憶だ。どういう喧嘩をしたかもよく憶えていない。人間ってのがよくできてるのは、つらいときの記憶をみずから消してしまうことだ。ただ告白すると、どちらがよりうまく相手を傷つけられるか、そういう不毛なやりあいの最中、

——これは憶えておくと小説になりそうだな。

と、心中ひっそり思っていたのも事実だ。自分でもどうかとは思う。ただ、いま気がついたんだけど、たぶん、きみも同じことを考えてたんじゃないかな。荒れ狂った海みたいな二人

が、ときどき妙に自分を俯瞰《ふかん》する。実際は会社で疲れはて、家で疲れはて、記録するような根性もなくって、だからほとんど憶えてないんだけどね。

思うに、海馬ってやつはちょっと性能がよすぎるんだ。

——あのときのクイズ、もう忘れちゃったかな？

——自分なりの答えは出した。愛の反対は、たぶん、自己愛なんじゃないかな。書くのは自分のため。きみとうまくやりたいのも、自分の成熟を確認して満足したいだけな気がする。

——惜しいね、でも違う。

——ギブアップ。

——憎いとか嫌いとかは、愛とはベクトルの向きが違う。愛を数直線とするなら、ゼロを無関心として、たぶんその向こう側があるの。これは、まだ言葉にされていない、わたしたちが見つけていないやつ。きっと、〝マイナスの愛〟っていう概念がある。

——なんか難しいな。つまり、虚数みたいな？

——そう、虚数みたいな。

それから一拍置いて、きみがこう言ったことは憶えてる。

わたしたちのことだよ。

まもなくして、きみは新しいパートナーを見つけ、縦長の袋小路の部屋から出ていった。あれはいい判断だったよ。なんていうか、二人とも限界だった。だけどそんなのは、いまだから言えること。引っ越しを手伝ってくれるという人に、会社の昼休みに挨拶《あいさつ》したいとぼくは言ったね。頭のいいきみは察したと思う。つまるところ、ぼくは〝そいつの顔〟を一目見てやりたかったわけだ。恥ずかしいけど事実だ。要は、ぼくはまだかなりおかしくなっていた。

そしてぼくは壊れながら、思った。

行ける。

ワープロの画面を開いてみると、これまでが嘘《うそ》みたいにすらすらと書けた。薄々わかってはいたけど、まあそうだった。ところでこのときできたやつ、傑作だったと思うでしょ。これがお笑いなんだ。自分でもどうしようってくらい凡作だった。

そこまで、この世はうまくできていない。

かつて自分を作家だと信じて疑わなかったぼくが、でもいまは、作家を名乗ってはいない。あの一行も書かなかった季節が、ぼくにそうさせているのかもしれない。

南極の花よ、いまどうしてるかな?

咲いてるといいけど、別に咲いてなくてもいい。どっちであってもきみの自由だ。どっちであっても、ぼくは砂漠のアラベスクでありつづける。結局は、そういうことだったんだ。

ところで、ときどき調子の悪かった左耳が、このあいだ耳鼻科にかかってみたところ、メニエール病だとわかった。このとき聴力検査をしてみて、ちょっと面白いことがわかった。この病気はいろいろあるらしいんだけど、多くは、低音が聞こえなくなるみたいなんだ。

でも、ぼくの検査結果は違った。

三〇〇〇ヘルツ。

その周辺だけが、谷みたいにへこんで聞こえていない。なんででしょうねと先生に訊くと、なんででしょうねと返ってきた。それから、蝸牛管の水チャネルがどうのと難しい話になった。だけど、なんとなく思っちゃうよね。ぼくの左耳が、ぼくのなかの海の一部が、心よりも先にきみを拒んだんだろうって。ここには何か、芸事の本質にかかわる秘密があるように思う。

でも、ぼくは天邪鬼《あまのじゃく》なんだ。

だから右耳を世界に向ける。大切な人に向ける。プラスの愛を、とらえ損ねないように。

夢・を・殺す

画面は明るい黄緑色で埋めつくされ、周囲を黒の背景色でふちどられている。

お父さんもお母さんも、これを見ても何も感じないし思わない。けれどぼくは、ぼくの脳は、この何もない画面に一面に広がる平野を見出している。

外からの蟬の声のほかは、かりかりとフロッピーディスクが読まれる音が聞こえるだけだ。ぼくの作ったプログラムはやがて初期化を進め、木々や小川のグラフィックがぽつぽつと描かれはじめる。自分の手のなかで、新たな宇宙が生まれてくるのが、確かな実感として感じられる。この歓びは何にもかえられない。この木々も、小川も、人が見ればただの緑の三角や青い四角でしかないのだとしても。

勉強もしないで記号と戯《たわむ》れるぼくのことを、両親がまるで化け物でも生んでしまったように薄気味悪く感じていることは伝わってくる。それはもう、いやというほどに。大人たちが見るものは、いつだって人間だけだと思う。ぼくのプログラムを通して彼らが見るのは、ぼくという理解できない化け物。彼らは、どこで育てかたを間違えたのだろうと考える。そして、ぼくにとってかけがえのない、この手のなかの小さな宇宙は、誰にも顧みられず、打ち棄てられる。

いや。一人だけ例外がいる。

従兄弟《いとこ》だ。

ぼくの二つ上にあたる母方の従兄弟は、いま、次に何が起きるのかと期待し、じっと目の前のブラウン管に見入っている。この三角や四角でできた画面に、実在を見出してくれている。

それはそうだ。ぼくにプログラミングを教えてくれたのも、小五の春に、ＭＳＸと呼ばれる８

ビットのコンピュータを買ってもらえるよう口添えしてくれたのも、彼なのだから。

網戸越しに、温《ぬる》い風が入りこんでくる。

従兄弟の部屋は内庭に面していて、コンピュータの置かれた作業机は、ちょうど庭に出るサッシの手前にある。庭で、三毛猫が蝶を追うのが見える。ここにはいつも五、六匹の猫がいる。猫が好きな叔父が、次々に拾ってきて面倒を見るからだ。

夏休みのうちの一週間だけ、ぼくは東北の実家を離れ、この東京の親戚の家に居候《いそうろう》する。その一週間に、ぼくは作りためたプログラムを大事にフロッピーディスクに収めて持参し、従兄弟に見てもらう。それが、ぼくの年に一度の楽しみなのだ。

従兄弟はぼくの自慢で、そしてあこがれだ。

ぼくがBASICと呼ばれる簡単なプログラムしか書けないのに対して、高速に動く機械語を使いこなせるし、ビデオデジタイザーという機器を使って自作の映画を演出したり、家族で使える風呂のタイマーを電子工作で作ってみたりと、すぐに何か思いついては、それを実行する。MSXのOSはほかのコンピュータと互換性があるからと、同級生の女の子と交換日記をやっていたりもするのは、あこがれを通り越して、羨《うらや》ましい。同じ趣味をもちながら、それを周囲の人たちとつないでいる。ぼくからすれば、それが彼の驚くべきところだ。

ぼくの自慢のゲームはまだはじまらない。

木々や小川を表示するのは、間をもたせるためだ。そのあいだ、プログラムは裏で三角関数の計算といった初期設定を進めている。そっと網戸に触れ、庭に目をやってみる。網戸のふるいを通して見る、無数の四角形に分割された景色がぼくは好きだ。それは、非力なコンピュータでそれらしい映像を再現するヒントにもなる。

やがて、お母さんが「ピコピコ」と呼ぶＢＧＭが流れはじめる。

動き出したのだ。

従兄弟が画面上の指示にしたがい、たん、とスペースバーを叩く。画面の真ん中に主人公のキャラクタが表示され、従兄弟がそれを見て微笑《ほほえ》む。

「スプライトの扱いが上手いね」

妖精《スプライト》というのは、ＭＳＸの映像用のプロセッサに搭載されている機能で、文字通り妖精のように、背景にキャラクタを重ね合わせて表示することができる。機種は異なるけれど、ファミコンのマリオも、ぼくらの名が冠されるＲＰＧの勇者も、すべてこのスプライトによって描き出されている。

従兄弟はすでに唇を尖《とが》らせ、ぼくのゲームを動かしはじめている。こんなときに唇を尖らせるあたりは、自分と同じ血を感じさせもする。二、三の敵が倒されたところで、従兄弟がふと気づいたように、こちらに視線を戻した。

「このＢＧＭ、どうやってるの？」

わかってくれた。

ＢＧＭが流れるのは、今回の自慢の一つだ。というのも、音楽は処理に時間を食うので、ゲームで鳴らすためには、通常は従兄弟がやるような機械語のプログラムが求められる。けれど、処理さえ切り詰めればぼくでも鳴らせる。今回は、こちらが得意になる番だ。

「時間ごとに一つの命令で済むよう、作曲のほうを工夫した」

「そりゃ考えなかったな」軽く、従兄弟が前のめりになる。「すごいよ、新《しん》くん」

年に一度、従兄弟にそういわせるのが、いわばぼくの生きがいだ。

もちろんこのあとには、従兄弟の作ったゲームに打ちのめされることになる。従兄弟は技術力にものをいわせた擬似的な立体表現が得意で、これまで幾度か、雑誌の投稿プログラム欄に掲載されたりもしている。

従兄弟が体勢を戻した。腰を据え、ぼくのゲームにとり組むつもりのようだ。

やることのないぼくは彼の書架に目を這《は》わせ——技術書とともに、従兄弟のプログラムが掲載された雑誌もある——やがて、一つの見慣れない題名に釘づけになった。〝機械の中の幽霊〟という名の本だ。

「これは?」

集中していた従兄弟はしばらく応えず、そのうちに、ああ、と口のなかでつぶやいて、キーボードのポーズボタンを押す。これは、コンピュータの中央演算素子《CPU》それ自体を止めてしまうという、なかなか豪快なボタンだ。

「間違えて買っちゃったんだ。技術に関係するものかなって」

「どういう本なの?」

「そうだな、ううん……哲学、っていうのかな。正直難しくてわからない。ただ、題名の意味はこう。ぼくたちは心と身体が一つなのではなくて、身体という機械に棲む幽霊なんだとか。その本のいっていることは、もっと複雑みたいなんだけどね」

「……スプライトみたいに?」

ぼくが瞬《まばた》きをして、従兄弟が笑う。

「そう、スプライトみたいに」

まるで秘密を交わしあうように、ぼくらはプログラミングの専門用語でやりとりをする。それは何よりも密な関係だと感じられる。家族や、まだ経験はないけれど、恋よりも。コンピュータの仮想の現実にのめりこむぼくは、お父さんやお母さんからすれば、理解しがたい化け物だ。だから、ぼくがぼくでいられるのけ、居場所があると感じられるのは、この夏の短い一週間だけだ。

会社のホワイトボードを前に、ぼくは軽くため息をついた。ボードは五十個あまりの赤や緑のマグネットで埋めつくされている。それぞれのマグネットには数字を書いた紙が貼られ、「新」や「桂《けい》」といったスタッフごとに区分けして配置されている。

ぼくは「26」と書かれたマグネットを手にとり、ボード上の「デバッグ済」の欄へ移した。開発中のプロジェクトが抱えている不具合《バグ》の一覧と、担当の割り振りなのだ。

もとはといえば、プロジェクトマネージャーであるぼくが表計算ソフトを使って回していたものだ。ところが、バグが増えていくにつれて、このままでは間にあわないのではないか、スタッフの危機意識が不足しているのではないかと取引先が危惧《きぐ》しはじめ、慌てた社長が「見える化」――なんと人を馬鹿にした言葉だろう――を提唱した。その結果が、このホワイトボードになる。

ほかの皆がどう感じているかはわからない。

ただ、ぼくはこのボードを厭《いと》わしく思っている。

あえていわれずとも、部下のプログラマたちが誰よりも危機感を抱いている。取引先の上役なんかよりもだ。それをこうして、まるで脅しでもするように全員の前に掲示して、皆はどう思うだろう。なかには、メンタルヘルスの問題を抱えるスタッフだっている。ぼくは社長に反《はん》撥《ぱつ》したが、相手も頑と譲らず、結局、こちらが折れる形になってしまった。

一度思いついたことを、社長は必ず実行する。

起業したての会社なので、それはときに強い推進力になる。とはいえ、反対意見を聞き入れてもらえないのは、ぼくにとっても、皆にとってもこたえる。このあたりは一長一短だ。どうあれ、きめられたものについては、ぼくも協力してことにあたるし、スタッフの前では、このボードが最善の手法であるかのように振舞う。皆からどう思われているかは、考えたくない。

ゆっくりとエアコンが動き、ぼくの頭から足にかけて冷風を送った。

窓は閉め切られている。だから、蟬の声もここまでは届かない。

食後に起きていた胃のあたりの痛みが、このごろは空腹時にも起きるようになった。一歩あとずさり、ボードを俯瞰《ふかん》してみる。おそらく、納期までにはなんとかなる。ただし、桂をはじめとした皆の長時間労働を前提とするなら。皆に向けてのせめての遊び心にと、ぼくはホワイトボード用のマーカーを手にとって、いましがた動かしたマグネットの上に猫の耳をつけた。

スタッフの総数は社長以下、経理などを含めて十八人。

零細もいいところだが、起業時に三人だったことを考えると、六倍に増えた計算だ。ただ、それを喜ぶべきかはわからない。もとは、ゲーム開発を志して立ち上げた会社だった。オリジナルタイトルの〝星だけがある街〟は、派手さこそないものの、これまでにない3D演出に加え、なんともいえない滋味があるとして海外でも評価を受けた。が、それきりだ。セールスは振るわず、いまのところ、最初で最後の自社製品となってしまった。

立ち上げに参加した三人のうち、一人はとうに辞めていき、別のソフトハウスへ転職した。彼の選択が正しかったのかどうか、それはわからない。

ともあれ、いまは下請け仕事が業務のすべてだ。稼ぎ頭になってくれているのは、パチンコ台の開発。パチンコの多くは、いまだにZ80という昔ながらの8ビットの演算素子を利用している。皮肉なことに、子供時代にゲームを作っていたコンピュータと同じなのだ。幸いであったのは、当時の技術が援用できることと、そして、いま8ビットの開発ができる技術者が減り、高齢化しているらしいことだ。かくして、ぼくらはパチンコ台の開発の仕事を得て、月々のキャッシュフローに胃を痛めつつも、十八人の所帯を回している。バグが多いのは、着手したての、まだ皆になじみのない仕事だからでもある。

事務やグラフィッカーを除いて、技術者は十八人のうち十二人。

その主力となるのが、ぼくと桂の二人だ。

ソフト開発には「二割八割の法則」というものがあり、だいたい、技術者のうちの二割が成果の大部分をあげ、残りの八割は思うような成果を出さない――とされる。うちの場合は、八割にあたる技術者を、スマートフォン向けの簡単なアプリ開発にあてている。ちなみに、二割のみを残して八割をリストラしたらどうなるのか。ふたたび、残ったメンバーが二割と八割に分かれるらしい。人間社会の妙だ。子供時代よりは人とつきあう術《すべ》を身につけたけれど、人間については、いまだ、ぼくにとってわからないことだらけだ。

人はいつでも不可解で、合理的には動かない。

そして、技術職は回路図やプログラムと向きあうものと思われがちだが、ほかのどの仕事とも同じように、人と向きあう仕事だ。うちは引き受けていないが、カーナビゲーションといった大きな開発の場合、一日あたり、たった四行のプログラムしか書けない計算になる。残りは、発注元との打ち合わせや折衝、マネジメントや会議、検証といった時間だ。

つい突っ立ってしまった。そのぼくの目の前で、もう一つのマグネットが動かされた。

桂だ。

彼女はなぜうちへ来てくれたのかと疑うような技術者で、いまでこそ昔ながらの8ビットの開発をやっているが、ビジネスアプリからAIといった先端技術まで、職能は手広い。何より、堅実でミスが少ないので助かる。若干やつれて見えるのは、連日の残業によるものか。

いつもぼくは、彼女が辞めてしまうのではないかと、そればかりを怖れている。

昼休みに弁当を食べながら海外の論文を読むような彼女が、いつまでもパチンコ台のような原始的で泥くさい仕事をつづけてくれるのだろうか。

このホワイトボードとて、いってしまえば、皆が愚かであることを前提としたシステムだ。

――こんなことでは、できる技術者から辞めてしまいます。

そう訴えるぼくを無視して、紙に数字を書いてマグネット一つひとつに貼りつける作業を総務に命じた社長の顔が、苦く思い出された。

桂が軽く微笑んでから、ぼくを真似てマグネットの上に犬の耳を描いた。それから、ぼくの欄にずっととどまっている「6」のマグネットを指さした。

「これ、あいかわらずですね」

番号が若いのは、前から発見されていながら、なおも残りつづけているバグということだ。社内では〝幽霊バグ〟の俗称で通っている。内容は、予期しないタイミングで、ありもしないはずのキャラクタが画面に映りこんでしまうというもの。そのような処理は、いっさい入れていないにもかかわらずだ。

疑われるのは、画面の表示を司る映像出力素子《VDP》。ところが、これは直接に制御できないし、内部で何が起こっているかがわからない。

そしてこの手の素子には、えてして文書化されていない裏の仕様がある。それで、ぼくは幾度となくメーカーに問いあわせてきたのだったが、うちのような零細は相手にしてもらえないのか、いまのところ、梨のつぶてだ。

かくして、〝幽霊バグ〟はいまもホワイトボードのぼくの欄に存在しつづけている。

「とにかく影響を受けやすい社長でさ……」

愚痴を一つこぼして、とん、と猪口《ちょこ》を卓上に置いた。

都心からやや離れたところにある、知る人ぞ知るといわれる日本酒居酒屋だ。テーブルを囲んでいるのは、学生時代からの仲間たち。まだ学生気分が抜けないのか、それとも日々のストレスに耐えかねてか、ぼくらは月に一度ほど、こうして集まっては呑み、休載中の漫画の先を予想したり、ここにいる誰が次に結婚するかなどと、他愛ない話に花を咲かせる。

けれど、その日は疲れていたのか、ぼくはつい仕事の話ばかりしてしまった。

「特に、取引先の社長がたらしでね。すぐ、いいくるめられちまう。で、しわ寄せは俺たち技術。これじゃ、なんのために起業したのかも――」

そこまで一気に話してから、ぼくは黒龍の〝しずく〟を追加で頼む。

皆、食べるくらいしか楽しみのない生活で舌が肥え、かつて集まっていたような安い居酒屋を好まなくなった。管理職とはいえ、零細勤めのぼくの財布にはやや厳しい。背伸びをしている感も否めない。それでも足を運ぶのは、もちろん、この場を必要としているからだ。

餓《う》えている、といってもいい。

ぼくの場合は、技術以外のあらゆることに。皆も、きっと実情は同じようなものだ。半可通なオーダーをしながら、ぼくらの心は、いまだ学生のままだ。それは服装にも表れている。上場企業に勤める山岸《やまぎし》を除けば、全員がジーンズ穿《ば》き。ついでにいうと、全員が眼鏡でもある。

「……うちもトップはそんなもんかな。宗教とかは大丈夫なの？」

訊ねたのは、組合相手のコンサルタントを務める川村《かわむら》だ。

「大きな声ではいえないけど、ときどき集められては折伏の時間がはじまるよ」

「幸いというか、そこまでじゃない。ただ、鬱《うつ》になったスタッフが増えてきて、それで社長が導入したのが、ＥＱメンタルヘルス。それで、ときたま禅とかを勧められたり……」

「ああ」と、これには心あたりがあるのか、幾人かが頷《うなず》いた。

「そう悪いものではないんだけど、宗教的には違いない。ちなみに、俺は導入に反対した。だってそうだろ。本来の問題は、個々人の負荷の大きい労働環境にある。それをスルーして、皆のメンタルヘルスをよそに外注するなんて……」

語尾を濁《にご》し、ぼくはいまさら穏当な表現を探る。

「……少なくとも、松下幸《まつしたこう》之助《のすけ》はやらなそうなことだと思う」

「おまえは大丈夫なの？」

健康かどうか、という意味だろう。訊きにくいことを軽く訊ねられるのは、山岸の美点だ。

まあ、とぼくはまた言葉を濁した。

「なんとかやっちゃいる。なんとか、ね」

嘘だ。

本当は、日に二錠の精神安定剤を服《の》んでいる。

「でも、ぎりぎりだよ。スタッフだけでも早く帰したいのに、俺の頭越しに、オン・ザ・ジョブ・トレーニングだなんだと称して、社長がスタッフにどんどん仕事を振っていく。これじゃ、マネジメントも何もあったもんじゃない。……こんなことといったら怒られるかな。もう、指示待ちの仕事にあこがれるよ。お茶汲みとか、コピーとりとかやっていたい」

「だいぶ疲れてるね」

「どうでもいい仕事も多い。こないだなんか、スタッフの主体性向上のためとかいって――」

「出た、主体性」

「それで、査定のために技術力をはかるチェックシートを作って配付しようとなった。だいたい二時間くらいかかったかな。俺と、桂ってやつと二人で、Ａ４数枚の表を真面目に作った」

「ときどき話に出るよな、桂ちゃん」

「可愛いの？」

「ごめん、もうちょっと愚痴らせて」ぼくは面白みのない軌道修正をする。「とにかくチェックシートは完成した。いいか、技術力についてのチェックシートだぞ。それをもって社長の判をもらいにいったら、項目を一つ加えられた。〝主体性〟ってね」

新たに来た徳利を、卓上で傾けた。

「皆が皆、主体的すぎるくらいにハードワークをこなしている。そこに、そんなシートを配られたらどんな気分になるか。俺はもう、社長が人じゃない何かにしか見えなくて――」

「忙しいと、人間から遠ざかっていくよな」低い声で川村がいう。

「ま、あれか。ブラック企業」

ずばりと断言したのは、例によって山岸だ。

「じゃあ、あれだ」川村が人差し指を立てた。「その社長さん、自分より有能な人材は雇わなかったりするだろ」

「勘がいいな」

いいあてられ、わずかに目をすがめた。

基本的に、社長は自分より優秀な人間を雇い入れない。それは、単純に相手が理解できないからというのもあるだろう。あるいは、怖れの感情もあるのだろうか。その彼が例外的に雇い入れたのが、桂だ。もしそれが、単に彼女が女性であったからだとすれば、悲しいことだ。

「……まあ、だいたいその通り」

「あと、いい車に乗ってたりする？」

「高級車。でも、それで取引先に行くのは気まずいからって、安い中古車が買い足された。あとは、すぐにマンションを引っ越したりね。とにかく、身の丈にあわないものを欲しがる」

そういって、ぼくは身の丈にあわぬ酒を舐《な》める。

ぼくの給料はというと、時世を考えれば恵まれているといっていいほうだ。贅沢《ぜいたく》をいっているのは、本当は自分かもしれない。もっとも、月百二十時間の残業代はなし。社会問題にもなった、名ばかり管理職というやつだ。

このあたりの話は、いい職場に勤めている山岸の前では、なんとなく口に出しづらい。

「はは」

山岸が急に笑い声をあげた。手元のスマートフォンで、ぼくの会社を検索したらしい。

「なんだこれ、アップル社のパクリじゃん」

「紆余曲折《うよきょくせつ》あったんだよ」

ウェブページのデザインは自分もかかわったので、これにはぼくも引け目を感じる。

「最初は、あの〝激安の殿堂〟みたいな見た目だったんだ。それが社長の趣味でね。でも、ユーザーが所有したいのは特別な価値だろう？　そういうわけだから、ブランドマネジメントを提唱して……」

「もう放っておけよ」と、これは川村だ。「なんで、自分から立場を悪くしていくかな」

「にしたって、そんな提言が通じたのか？」

「無理。だから、アップル社の製品の訴求力がどこにあるかを説明して、アップルという先例に倣《なら》って、わたしたちもそうしましょうとなった。これでも、ましになったんだよ」

手を伸ばし、山岸のスマートフォンをとりあげて裏返した。

「一方、スタッフたちは月に一度、イノベーティブな製品企画のプレゼンテーションを求められる。先例主義からどうやってイノベーションを生むつもりなのかは、神のみぞ知る」

隙間時間に作った企画を却下されたときの桂の顔が浮かんだ。

話が暗くなってきたからだろうか、山岸が急に話の矛先を変えた。

「で、おまえが好きなのが、その桂ちゃんだと」

「わかんねえよ」つぶやいて、ぼくは軽く首筋を掻く。「こう忙しいと、何がなんだか……」

形ばかりの朝礼のあと、メールチェックでいきなりため息を漏らしてしまった。

取引先からの、新たなバグの報告だ。

いま、ぼくらは火曜日を仮リリース日と定め、その時点でのソフトを先方に送り、確認してもらっている。品質向上や双方の信頼構築のために、こうやってチェックポイントをもうけようというのはぼくの提案だったが、これが仇《あだ》となった。取引先の品質管理部門は、すばらしい提案ですと前のめりになり、こちらの想定以上にやる気を出してしまった。

バグ報告メールの時刻は午前二時。

元請けなのだから、もう少しゆったり構えていてほしい。でも、助かるというのも正直なところではある。むしろ、ここからがいやな作業になる。

新たなマグネットを手に、ぼくはホワイトボードの前に立つ。マグネットについた番号は、もう百五十番台にまで到達している。おそらくぼくにしか修正できないだろう、基幹部分の不具合や新規の幽霊バグを、まずは自分の枠にくっつける。残りが、誰に何を背負わせるかだ。

ざっと、新規の不具合と修正にかかる時間を見積もる。

まず、キーウーマンの桂だ。

ぼくの管理業務が増えていけば、ますます彼女の技術が必要になる。いまの段階から、こんな仕事のために高い負荷をかけて、彼女のモチベーションを落としたくない。とはいえ、ある程度以上に複雑なバグは、ぼくか彼女にしか直せない。だから、なるべく早い時刻に帰れるよう見積もった上で、桂の欄に複雑なバグを割り当て、あまったぶんを自分の欄に配置する。

それから、誰にでも直せるような多くの不具合を残り二人のスタッフに割り当てる。一つあたり、ぼくがやれば五分か十分。任せるとすれば、速くても十五分か、ことによると一時間。

自分がやってしまいたい誘惑を振り払い、まとめて彼らの欄に配置する。

無茶な量ではない。

残念ながらそうはならないのだが、急げば定時にだって帰れるはずだ。

それにしても、プロジェクトにかかわっていないほかのスタッフからは、どう見えるか。明白だ。ぼくが、桂をひいきしているように見えることだろう。あるいは、ほかのプログラマを虐《いじ》めているようにも。これが、ホワイトボードを使ったシステムの、もう一つの弊害だ。

昨夜、友人から指摘された一言がよぎった。

いや――事実、ぼくは桂をひいきしているのだろう。でもそれは私情ではなく、会社の将来を思ってのことだ。だいたい、ほかにどうしろというのか。少なくとも、この配分が一番効率がいいのだし、納期は翌月にまで迫っている。

零細なので、充分な給与や賞与は出せない。彼らをここにつなぎとめているのは、いずれ下請けを脱してゲームを作れるかもしれないという希望だ。

その希望を搾取していることが、ただ、うしろめたかった。

初期メンバーが出席する先の経営会議では、いまの取引先と株式を交換する案を社長が出してきた。密接に一社のみとつきあうことで、定期的に仕事を得るとともに、技術の流出を防ぎ、信頼を高めあおうというものだ。最初のゲームの失敗で懲《こ》りた社長が、スタッフの安定した生活を考えた結果でもある。しかし、それではだめなのだ。ぼうっとした表情で皆が黙認するなか、ぼくだけが猛烈に反対した。

この時世に、取引先を一社に固定することには、リスクしかない。

何より、このままずっとパチンコの仕事をつづけるのか。

ゲーム作りを夢見たり、あるいは、より先端的な技術を求めるスタッフにはどう説明するのか。優秀な人間が辞め、それ以外が残る結果を生むのではないか。

そうはいったものの、社長は一度思いついた考えを譲らない。案が出された時点で、それはきまっているのだ。あえて持ち出すのは、経営会議の総意という形にするためだ。嫌なら辞めろと社長がすごみ、ぼくがなんとか自分を落ち着かせ、その日は時間となった。

和を重んじるというのは、いいことなのか、悪いことなのか。

本音では、辞めるチャンスだとも思った。と同時に、残りの皆の顔が浮かんだ。どうせ決定事項であるなら、ぼくがやるべきことは、その後の彼らの負荷がなるべく上がらないよう——たとえば、取引先への出向や常駐が最小限で済むよう、条件を加えていくことなのだろう。

会議を終えたあと、トイレで社長と二人になった。

ありがとうな、と小声でいわれた。

残る問題は、現段階で宙ぶらりんとなっているこの案件だ。正式にきまったわけではないので、まだ皆には漏らせない。すると、ぼくはぼくでゲーム作りの夢を撤回できないまま、皆も皆で、自らのためでなく会社のためと思い、長時間労働をつづけることになる。

馬鹿みたいだ。

社長の決断は、少なくともスタッフの生活を考えてのことだ。そして皆も、保身に走ることなく身を粉《こ》にして働いている。自分のために動いている人間が、一人もいない。それでいて、会社の状況は行きづまっていく。地獄への道を敷きつめるのが善意の煉瓦《れんが》であるようにだ。

いや、もういい。あとは通常営業だ。

テレビ会議や質問にやってくるスタッフの対応、求人に応募してくれた人の面接、そしてこのままでは完成を見ないのではないかと危惧する取引先の説得——なんとか自分のデバッグに入れたのは、定時を過ぎた頃あいだった。ひどいときは二十四時を回ってからになるが、何も特別な話ではない。下請けのプレイングマネージャーが陥りがちな典型例で、もっというなら、自ら招いた道でしかない。

二十時ごろになって、ちょっとした事件があった。スタッフの一人が、バグだらけのプログラムを書いて、翌日に回せばいいものを共有サーバーにあげて退社し、それを桂が発見した。それも一度や二度のことではなかったので、桂に謝り、彼のこれまでの仕事を二人で洗った。

深夜近くなり、社内には桂とぼくの二人が残された。

やっと一段落して、コーヒーを淹《い》れたところで、桂が唐突に訊ねた。

「この会社、大丈夫なんですか?」

思わぬ直球に即答ができず、「経営のこと？　それ以外で？」と質問に質問を返した。でも、このぼくの反応で、聡《さと》い桂は、少なくとも経営が楽ではないと察してしまったようだ。

軽く身をひいて、彼女が別の質問をした。

「あの幽霊バグ、どう思います」

「……映像出力素子《VDP》の、文書化されていない裏仕様がかかわっていると思う。それで、糸口でもつかめればと測定してるのだけど——」

「ああ、それで」

彼女がぼくのデスクに目を向けた。

デバッグ用の基板に、無数の測定用の配線がつなぎあわされ、波形測定器にかけられている。乱雑な机が自分の心をそのまま映し出しているようで、やや気恥ずかしくなった。

そして今度こそ、桂が本当に思わぬことを訊いた。

「あのバグ、本当に直しちゃうんですか」

「そりゃ——」自然と眉が持ち上がった。「もちろん直すさ。でないと納品できない」

しばらく不可解な沈黙があった。

いったんコーヒーをすすってから、桂が湿りがちに口を開いた。

「本当は、わたし、知ってるんですよ——」


その晩はひどい熱帯夜だった。

ぼくは汗まみれになりながら、できたばかりのソフトを従兄弟と二人でフロッピーディスクにコピーしているところだった。一言にコピーといっても、当時は大変だ。手持ちのコンピュータにディスクの挿しこみ口は一つしかなく、さらには記憶領域が小さいため、コピー元とコピー先のディスクを幾度も出し入れしなければならない。

そこで従兄弟が思いついた方法があった。

まずマスターとなるデータをROMカートリッジにしてしまう。あとは、カートリッジから情報を吸い出しながら、挿しっぱなしにしたディスクにデータを転送する。これなら、ディスクの出し入れは一回で済む。

ぼくはそんなこと思いつきもしなかったし、ROMカートリッジを作る方法も、そこから情報を抜き出す手段も知らなかった。従兄弟はいつも、ぼくが思いもしないことを軽々とやってのける。彼はぼくの自慢で、そしてあこがれなのだ。

一度、仮眠をとってから、同人誌や同人ゲームの即売会に出品するため、早朝の電車で晴海《はるみ》に向かった。もとは幕張《まくはり》で開催されるはずが、急遽《きゅうきょ》、会場が変更となった年だった。

ぼくらが売り出したのは、画面の回転や拡大縮小を売りにしたレースゲーム。出たばかりの〝F－ZERO〟というゲームに触発されて作ったものだ。いまとなっては信じがたいことだが、当時、コンピュータにとって画像の拡大や回転は苦手で、まして8ビットのMSXでの実現は技術を要した。だからこそ、任天堂《にんてんどう》の売り出したあのゲームに夢中になったのだ。

肝となる回転部分のルーチンは従兄弟が組んだ。

途中、プログラムの組みかたで相談を受け、ぼくは知らず知らずに使っていた固定小数点という手法を伝え、たいしたものだと驚かれた。ぼくの功績といえばそれくらいだろうか。あとは、キャラクタの画像や走行コースといったデータ作りや、BGMが担当だった。

価格は五百円。

そのころ、MSXというコンピュータは末期にさしかかっていたが、ホビーのゲーム作りはまだ活発で、即売会の並びの席にも、やはり同じマシンのゲームを売る大学生たちがいた。

趣味のゲーム作りは、だいたい二種類に大別できると思う。まず、RPGのように物語を志向するもの。それから、あのときぼくらが作ったような、技術力を競うものだ。プログラミングという点では同じでも、何に意味を見出すか、そして何に夢を見るかは人によって異なる。

ぼくらという〝機械の中の幽霊〟が夢を託したのは、技術だった。

いや、こういってもいいかもしれない。技術こそが、ぼくらにとって物語だったのだと。

持って行った三十枚のディスクは、幸い完売となった。

一人、年下の小学生の女の子が買っていってくれたのが印象的だった。楽しみです——と、その子は口にした。お父さんがゲーム機を買ってくれなくて、かわりにパソコンなら将来の役に立つからと、MSXを買ってくれたものだから……。

「まさか憶えてないですよね」

悪戯《いたずら》っぽく口にしてから、桂はわずかに口角を上げた。

「わたしはあなたたちの作るゲームが好きでした。だから、お二人が会社を興したと知って、一も二もなく面接に来た。それで、いまここにいるわけです」

従兄弟がメーカーで業務経験を積んでから、念願の自分の会社を興したのは五年前のこと。当時、技術職の三年目だったぼくもそれに乗り、そして最初のタイトルとして、〝星だけがある街〟を制作した。

ぼくは憶えているともいないとも答えられなかった。

かわりに、口を衝《つ》いて出たのはこんな文句だ。

「失望したかな」

下請けばかりでオリジナルを作らない現状に失望したか、の意だ。

「いえ！」

打ち消すように、桂が声をあげた。目に、力が戻ってきていた。

「だって、あなたたちはゲームを作りたいんでしょう？　でも、目の前のキャッシュフローが優先されるのは当然。そんななか、いまだってチャンスを待っている」

胃が軋《きし》んだ。

これでは、ますます本当のことがいえない。そして、彼女がぼくらのゲームを知っていたということは——。

「すると、もしかして、あのキャラクタたちも憶えてるの？」

「もちろんですよ！」

桂がぱっと目を見開いた。

「カーレーサーのアイザックも、ゴーストハンターの龍堂院も、あと妖精のアイダ。まだまだ、もっといえますよ――」

「ちょっと待って」

恥ずかしい。

無言で、ぼくは手のひらを桂に向けた。その様子を面白がって、桂がつづける。

「あなたたちはわたしから見て一つの夢でした。伝えるのが難しいな……なんというか、ちょうどよかったんです。技術に特化したゲームなのに、いえ、もしかしたらそうだからこそ、そこにキャラクタが息づいていた」

従兄弟だけがぼくの世界を理解してくれた、夏の日が思い出される。

あの家も、いまはもうない。その網戸越しの温かな風に、ふわりと包まれたようだった。

「記号的だから印象に残るんです。でも、それも技術の裏打ちがあってのこと。物言わぬアイザックも、龍堂院も――」

心なしか、固有名詞を口にするときだけ、桂は語調を強める。

彼女が入社した際の歓迎会を思い出した。そのとき社長が訊ねた、その手の会ではお決まりの、けれどもぼくにはけっしていえないような質問。

――SかMかでいったら、桂さんはどっち？

――断然Sですね。

「だから——」

桂が顔をあげ、まっすぐにこちらを向いた。

「子供っぽいのはわかってます。でも、それでも訊きたいんです。殺してしまうのですか。せっかく、いままた現れてくれた彼らのことを」

「そりゃ、まあ、ね……」

今回の仕事で出現した不具合——通称、幽霊バグ。それは、予期しないタイミングで、こちらがデータさえ入れていないキャラクタが出現するというものだ。

しかもそのキャラクタたちは、かつてぼくらが作ったゲームのそれなのだった。

たとえば、カーレーサーのアイザック。それからゴーストハンターの……いや、名前はいい。当然、社長もそのことには気がついて——最初は、ぼくの悪戯だと思ったらしい。しかし、プログラムのどこにもそのような処理がないと知り、原因究明を求めてきた。ぼくが本腰を入れて他社製のチップを測定しているのは、自分の過去にかかわることだからでもある。

「直すよ」

軽く、自分の目がすがめられるのがわかった。

「そうしないと、先に進めないからね……」

いわずとも桂はわかっている。けれど、不服そうな表情が崩されることはなかった。

納期まで一ヵ月を切った。

ぼくは、本格的に夢を殺す作業にとりかかった。

ソフトウェアの不具合というのは、もちろん、根本原因がわかってそれをとり除ければ一番いい。でも実のところ、原因がわからないままでも、ものによってはやりようがある。チップを設計したメーカーからの返答もないので、ぼくは処理のタイミングを変えたり、特定の条件で画面の更新を止めるなどして、幽霊たちが人の目に触れないよう、絆創膏《ばんそうこう》でもあてるようにデバッグを進めていった。

ほめられた方法ではないが、残り時間を考えると、もうそれしかない。

最初は一進一退だった。

ある幽霊を隠すと、今度は別の場所に幽霊が現れる。けれど、ぼくは力ずくでのプログラミングを進めていった。彼らは一人ひとり……いや、一つひとつ姿を消し、またひょんなタイミングで現れたりしながらも、総体としては、徐々に数を減らしていった。

昔、手のなかで新たな宇宙が生まれてくるそのことが、ただ純粋に楽しかったいっとき。そのころ作ったキャラクタたちは、声もなく姿を消していった。

思い知らされた。

ぼくもぼくで、やはり彼らを殺したくはなかったのだ。桂にいわれるまで、そんなことにも気がつけなかった。

社長はというと、例の株式交換の話を前に進めている。

一度、酒でも呑みながら真意を訊ねてみたいが、忙しく、二人とも時間がとれない。社内から雑談の声が減った。二つ隣のデスクでは、桂が黙々とバグをつぶしている。

まだサークルや部活のような雰囲気を残していた会社が、幽霊たちを殺す作業とともに、幼年期を終え、青年期に入りつつあるように感じられた。

午前中のあるとき、会議室で採用面接をしていた社長が、不機嫌そうな顔とともに面接を終え、ぼくらのもとへやってきた。面接は基本的にぼくと社長の二人がやるが、プロジェクトが佳境に入った際は、社長一人となる。

「もっとクリエイティブな仕事がやりたいそうだ」

ため息とともに、社長がプラスチックのカップから昆布茶をすすった。

それだけでぼくらには通じる。採用を見あわせた、ということだ。

開発には確かにクリエイティブな側面がある。しかしそれは全工程の一割にも満たないし、ユーザーから見て創造的であったりイノベーティブであったりする箇所は、えてして使い回しであったりする。ほかの、どの仕事とも同じようにだ。それがわからない人間は雇用できない、ということだ。そして、社長も社長で、三十分あまりを費やしたことに苛《いら》ついている。

ぼく自身もまた、何がクリエイティブだと心中で毒づきながら、その一方で——なぜ創造性を希求してはならないのか、少なくともその欲求を口にするのが憚《はばか》られるのはなぜだろうと自問した。なぜぼくたちは、こうも、ものわかりがいいのだろう?

傍《かたわ》らのホワイトボードで、マグネットが動かされる音がした。

「お先に失礼します」

挨拶とともに、桂が楽器のケースを持ちあげた。趣味のバリトンサックスで、毎週この曜日だけは早めの時間に退社し、スクールに通っている。このドライさは桂の長所だ。お先に失礼しますと、ただその一言がいえずに終電までディスプレイを凝視するようなスタッフも、彼女の影響で減っていった。

いま、ぼくはコンピュータのディスプレイを前に――そのほうが目にいいというので、若干上に向けて傾斜をつけてある――素子のなかの小さな夢の断片を殺して回っている。そして社長はといえば、より大きな夢を。

しかし、これはどうしたことだろうか。

社内の風通しが、だんだんとよくなってきたように感じられる。隣のプロジェクトに至っては、予定より一週間も早く納品を済ませ、起業以来はじめての夏休みの取得者を出した。最初からいる人間としては反省しなければならないことだが、最高のニュースでもある。

山内《やまうち》という新卒のプログラマは、入社直後、勝手がわからず月に二百時間の残業をして、――本当に悪いが、残業代の全額を支払えない。きみはまだ勉強中の身だ。その結果として発生した残業代のために、新や桂以上の給金を支払うことは、会社としてできない。

と、社長が苦渋の説得をしたものだったが、今日は定時に帰り、新たにできたガールフレンドと食事をするらしい。

すべての展開が予想外だった。

月々のキャッシュフローは、目に見えて余裕ができた。これが、社長の決断によるものなのか、皆の努力の成果なのか——あるいは、組織という集合体を覆う運のようなものなのかはわからない。少なくとも、経営会議で一人反対をつづけたぼくは、先が見えていなかった。

ただ、薄気味悪さもあった。あたかも、ぼくが幽霊を殺すそのプロセスが、会社の状況の変化と直結しているように感じられたからだ。

皆を集めて、恐るおそる社長の決断を伝えたぼくに対し、皆は予想以上にドライだった。

「大丈夫ですよ」

訳知り顔で請け合ったのは、かの山内くんだ。

「いずれまたチャンスは来る。そういうものですから」

人の成長が見られるのは、組織のいい点の一つだ。ほんの少し前までは、法令遵守《コンプライアンス》一つ機能しない、ブラックそのものであったとしても。少なくとも、山内はぼくを救ってくれた。法一つ守ってやれなかったという、拭いがたい罪悪感から。

おそらく、ぼくは会社のことを考えすぎ、会社の問題を自分の問題として捉えすぎていた。けれどそれは、実は、依存であるのだ。一見すると公益的なその態度は、遅効性の毒となる。マネージャーが会社との依存関係に陥ると、十中八九、そのプロジェクトは機能しない。

やがてすべての幽霊が消えた。

仕事が納期を迎えた。

かかわった全員のために、デリバリーのピザをとり、社内でのささやかな宴《うたげ》を用意した。取引先はというと、ぼくらの仕事を認め、先方の品質管理部門との技術交換の話を進めている。

ノンカロリーのコーラを手に、ぼくらは乾杯をした。

そこに桂の姿はなかった。


ぼくのような独身のエンジニアの多くは、給料をもらってもそれを使う時間がない。学生のころにあこがれていた高額の古書なども、せっかく買えるようになったときには読む暇がない。そして金ばかりが増え、やるべきことを見失ったとき、人は狂う。

ぼくは退勤後、自宅近くの大塚《おおつか》の北口商店街で自棄《やけ》酒をあおるようになった。また、例によって身の丈にあわない店で、身の丈にあわない酒を。よく足を運ぶショットバーができた。お気に入りはシングルトンというウイスキーだった。〝シングルトン〟とはソフト設計の名称の一つでもあるので、技術者であるぼくにとって、なじみ深く感じられたのだ。

桂が職場から姿を消したのは、納期の二日前のこと。

その日、ぼくは製品の最終確認や今後に向けての話をするため、川越《かわごえ》の取引先へ直行し、そのまま先方の要請を受け、ソフトウェアテストの勉強会で即席の講師をやらされた。小さなバグ報告が一つあり、その場で直した。終わってみれば十八時を回っていて、社長から「直帰していいぞ」とのメールを受けたため、自宅へ戻った。

洗面所の鏡を前に、慣れないネクタイを外した。

取引先へ赴くときしか身につけないこともあり、近くの百円均一で適当に買ったものだ。身だしなみに気を使わない無精な技術者を演じることで、逆に信頼感を高める意図もあったし、高級車を乗り回す社長に対する小さな叛逆《はんぎゃく》でもあった。

部下からメールを受けたのはそのときだった。

——桂さん、辞めさせられちゃいましたよ。

なんのことだかわからなかった。優秀な桂を会社が手放すとは思えないし、そうでないにせよ、納期直前というこのタイミングがありえない。そこまで考えたところで、ふいに、諦めにも似た、黒い感情がすっと腹に落ちてきた。

ぼくがいない瞬間を狙われたのだ。

桂を気に入っているぼくがその場にいれば、ややこしいことになる。でも、辞めさせた理由は何か。第一、辞めさせるのは可能なのか。ぼくが会議室の横を通った際に漏れ聞いてしまった、コンサルタントから社長への話——。スタッフを辞めさせるには、まず、なんでもいいので勧告をしなければなりません。そして改善されないのを見てから解雇する。そうしないと、訴えられれば負けます。

桂に、勧告されるような隙はなかった。

いったい、なぜ。けれど、ぼくはそれ以上考えるのをやめてしまった。前職から数えて十年近い雇われ生活のなか、ぼくはすっかり喜怒哀楽を失っていた。

さまよい出るように、街へ戻った。

「すみません、ショットバーではないんですよ」

目の前で、間違えて入ったガールズバーの門扉《もんぴ》が閉ざされた。店の前に樽が置かれていたから間違えたのだ。ほかに知っている店は臨時休業。おとなしく家に帰って寝る気も起きず、ぼくはそのまま大塚から池袋《いけぶくろ》まで夜の街を徘徊《はいかい》した。JRの線路の溜まりを見下ろしたとき、ふいに寒気がした。風邪ではなかった。寒気の正体は、ぼくがまだ何者でもなかったころ、自信といえるものが一つもないころ、日々感じていた不安や焦燥の残滓《ざんし》だった。

曲がり角の向こうで、誰かにからまれるような予感がした。

感情を殺し、夢を殺してきた人間に最後に残されたもの――それは、生物古来の防衛本能だった。そのままサンシャイン60ビルに足を向けた。ビルはほとんどのテナントが灯りを落とし、物言わずぼくを見下ろしていた。割り切ったつもりで、そして改善する社内状況に惑わされて、気がつけずにいたこと。ぼくの心は、知らず知らずに壊れかかっていたのだった。

やがて重役出勤が増えた。

アラームを止めてから、そのまま動けなくなってしまう症状に見舞われた結果だった。幸い、会社は誰かが欠けても補いあえる状況にまでなっていた。けれど、当然いい顔はされない。次第に、腫《は》れものを扱うような態度を皆がとるようになってきた。

桂が辞めさせられた理由は、思わぬ経路から耳に入ってきた。

事務方の須永《すなが》さんという女性が、あくまで噂ですよと念を押してから、ぼくに伝えたのだ。

製品に、イースターエッグを忍ばせていたのだという。イースターエッグの本来の意味は、復活祭に用いる飾りつけの卵。これが転じて、ソフトウェアの隠し要素を指すようになった。たとえば、初代の〝ファイナルファンタジー〟にはおまけの十五パズルが隠されている。これなどは、有名な例の一つだ。

桂が忍ばせたというのは、特定の条件下で、ぼくが封じた幽霊たちが顔を出すというものらしかった。自社製品ならば、遊び心として許容できる。でも、今回は下請け、ましてや博奕《ばくち》にかかわるソフトでもある。話が本当なら、それは背任ともいえる行為だった。

だとしても、なぜプロジェクトマネージャーの自分が知らないままなのか。

幾度か桂に連絡を試みたが、相手は電話に出ず、やがて〝番号は使われておりません〟のアナウンスが流れるようになった。あのホワイトボードには、いつかの動物の耳のついたマグネットがそのまま残されていた。

結局、何もわからないに等しかった。

そのイースターエッグとやらも知らない。納品されたのは、余計な挙動をしない製品だ。ぼくは不思議と取引先で気に入られ、社長を通じて常駐を求められたが、これには抵抗した。

「それでしたら辞めますよ」

ぼくはやり返し、そしてまた、仕事が終われば自棄酒をあおった。法事で久しぶりに会った祖母は、ぼくを一目見るなり、大人の顔になっちゃったね——と、やや残念そうに口にした。

瞬発的な計算力が落ち、小さなデバッグに時間をとられるようになった。

二割八割の法則——気がついてみれば、ぼくはその八割の側に落ちていた。重役出勤による周囲への悪影響もある、ぼくはマネージャーから一プログラマに降格してくれと社長に頼み、しりぞけられた。かわりに、思わぬことをいわれた。

「いいショットバーがあるそうじゃないか。今晩、つきあってくれよ」

このごろのぼくの様子を見かねて、檄《げき》の一つでも飛ばされるのかと思った。ぼくはぼくで、直接に訊ねてみたいことが山とある。

けれど、そのどちらにもならなかった。

バーのカウンターについた社長がまずとり出したのは、いまはすっかり見なくなった、3・5インチのフロッピーディスクだった。ラベルに、子供の字で〝HIDDEN FANTASY〟と書かれている。この面映《おもは》ゆい題名は、ぼくが子供のころ作っていた大作RPGのなりそこね、作りかけたまま放置されたゲームだった。

どうして持っているのかと訊ねると、デスクの引き出しに入れてあるのだという。

「……当時、おまえは俺の技術にあこがれていたよな。でも、実務経験を積んだいまならわかるだろう。俺のやっていたことは、すでに誰かが実現していて、知ってさえいれば手を動かすだけで作れるものだった。対しておまえのプログラムはすべてが一から手作りで、不恰好で、常に未完成で……それなのにいつも、まだここにない世界が迫り来る予感をはらんでいた」

この話を聞いて、最初によぎったのは疑いだった。

つまり、本当はこんなフロッピーなど机に入れてはおらず、たらしのテクニックとして——病欠中の人間を呼び出して、労《ねぎら》うでもなく突然にスケジュール表を叩きつけるように——実家から探し出し、いまこのタイミングで持ち出したのではないかと。

じっと社長の目を覗きこんだ。

そこに嘘はなかった。少なくとも、ぼくにはそう思えた。目は凪《な》いでおり、ブラフをかけている人間の、瞳孔《どうこう》の開きかたではなかった。

ぼくはすっかり毒気を抜かれてしまい、気恥ずかしさもあって、別の話題へ逃げた。

「山内くんも、すっかり使えるようになってきたね」

こういう場面では、ぼくらは昔のように敬語を使わなくなる。それよりも、口にしてから、自分の語彙《ごい》の選択に嫌気がさした。

軽く、社長が顎《あご》の先を動かすように頷いた。

「技術的にはまだだけどな。でも、明るさがある。マネージャーに向いてるかもしれない」

いま、山内はチームリーダーとしてプロジェクトの一つをひっぱっている。確かに、社長がいうように技術力には不安がある。それでも、気がつけば不可欠な人材になっていた。

人間界のことはわからない。

このとき、かねてからの疑問が頭をよぎった。

「……なんで彼を採用したの？　こうなることを見越していた？」

「まさか」

やや自嘲するように、社長が笑った。

「でも、あいつにチャンスをやりたかった。ソフトが好きなのは面接でわかったからな。それに、技術部門全体については、おまえさえいてくれれば、なんとかなると思った」

また、まじまじと社長の目を見てしまう。

「それで……」と、結局この話題は避けられない。「桂さんは、どうして？」

「話すべきかどうか、だいぶ迷ったんだがな。ただ、このごろの様子を見て……おまえは、真実を知りたがるタイプだというのがよくわかった」

前置きをして、社長が手元でフォークを回した。

そういえば、ぼくも社長も、小さいころはよく手遊びを注意されたものだった。

「彼女は、ずっと怖がっていたんだよ。……おまえのことをな」

「へ？」

間抜けな声を出してしまった。

――長時間労働や、社長の無茶振りから守ってやりたいと思った。

――必要な人材だからこそ、彼女が辞めるような職場環境にしたくなかった。

少なくとも、怖がられるはずなどない。そう自惚れていた。

「どうして……」

「何を考えているかわからない――だそうだ。おまえは、なんというか……飄々《ひょうひょう》として、喜怒哀楽を表に出さないからな。そして、プロジェクトの管理はできても、並以下の人間にものを教えることはできない」

思いあたるふしがあり、唇を噛んだ。話はつづいた。

「で、よく相談を受けていたのさ。おまえから技術を盗めといったりもしたな。だから、今回の一件は、いってしまえば俺の采配ミスだ」

「待って――」

彼女は、辞めさせられたのではなかったのか。

「辞表を出されたんだよ」

社長がそっとグラスを傾けた。

「イースターエッグ云々《うんぬん》は、例の幽霊バグの一つだ。おまえが出張から戻らないから、俺が直しておいた。その話に尾ひれがついたんだろうな」

「それで……」

「それだけさ。ただ、辞められてほっとしたのも確かかもな。彼女は、昔の俺たちをいまの俺たちに投影して、夢を見て、対価を度外視して頑張り抜いていた。でも、俺は俗物だからな。金以外のために動く人間の心はわからないし、怖く思うこともある」

今度こそ、本当に何もいえなかった。

海老のアヒージョについてきた紙ナプキンを手に取り、懐《ふところ》のボールペンで図を描きはじめた。オブジェクト図と呼ばれるもので、ソフトの設計に使うものだ。

ただ、今回はソフトではなく、対象はオブジェクトでなく人間だ。何もこんなときにと思うが、職業病だから仕方がない。

――まず、ぼくは最初、社長のことを理解できない怪物のようなもの、もっとはっきりいってしまうなら、人でなしだと思っていた。

ところが、その社長は誰よりもぼくを信頼してくれていた。

問題は桂だ。ぼくは彼女こそを信頼していた。そして彼女はといえば、ぼくが社長に対して感じていたのと同じように、ぼくのなかに一個の怪物を見ていた。

その桂が信頼を寄せていたのが社長。ところが、社長は桂を怖れていたふしがある。視点を変えるならば――全員が、化け物であると同時に、これ以上なく人間でもあった。

「まいったね」と、結局それだけが口を衝いて出た。

「ああ」

社長がぼくを真似て頼んだシングルトンを口に含ませ――それから、小さく唇を尖らせた。

社長の話は、一応はなんらかの救いをぼくにもたらしたように思えた。

少なくとも一つの憑《つ》きものが落ちたことは確かだった。けれど、酒に溺《おぼ》れたり、どこへ行くあてもなく深夜の街を徘徊する癖は治らなかった。ソフトはデバッグができる。でも、人間のデバッグは――無理とまではいわないものの、限りなく難しい。

会社のためと思ってやったことや、スタッフのためを思った行動。

そのどちらもが、一人よがりだった。

職場に依存する人間は、一度このような折れかたをすると、元に戻すのが難しい。ぼくは、もっと自由にふるまわなければならなかったのだ。加えて、ぼくは幽霊バグを直していくプロセスのなか、自らの、機械の中の幽霊をも殺してしまっていた。

いや、逆だ。

幽霊の正体。それは、まさにぼくという人間の〝機械の中の幽霊〟だったのではないか。少なくとも、いまぼくは空っぽの状態にあった。自分が、人の形をしているにすぎない別の何かに思えた。酔った勢いで、ＳＮＳのアカウントの類《たぐ》いも、すべて消してしまった。

そんな折のことだ。

また、学生時代の仲間たちから飲み会の誘いが来た。今度は、ぼくが店をきめる番だという。心配して、なんでもいいからと役割をくれたのだろう。ぼくらは金曜の夜に集まり――また、山岸を除く全員が学生気分の抜けきらない恰好で、そして全員が眼鏡だった。珍しく顔を出しにきた、出版社勤めのサブカル女子も含めて。

選んだのは〈だるま〉という居酒屋だ。

皆の職場からのアクセスもよく、高すぎず、評判がいい。背伸びしてブランド品のように日本酒を呑むのではなく、昔のように集まれる居酒屋をと考えもした。ところが、時間が早いために油断していた。あいにく満席となっており、少し待ったところで、あとから入ってきた二人組が先に案内された。

折悪《おりあ》しく、その日のぼくは気が立っていた。

降格を願っていたのに、ぼくに与えられた椅子は常務取締役だった。普通なら、喜ぶべきことなのかもしれない。でも、ぼくは技術しかわからないし、先日の出来事でも明らかになったように、人の心となると、もうからきしだ。

「ふざけるな」――と、口を衝いて出てしまった。

本当は、それをいうべき相手は店ではなく、別の何物か——おそらくは会社でもない。自分自身だ。友人たちはすっかり面食らい、目配せしあったのち、「食べログに苦情を書いてやるからな」などと調子をあわせ、慌ててぼくを店からひき離した。他人事のように思った。

自らの幽霊を殺し、化け物になってしまう人間はいる。

化け物であることにつきあってくれる人間も、まんといる。

三つの月

窓越しに、けっして上手くはないギターの弾き語りが聞こえてくる。

歌っているのは、ガード下をいつも陣取っているミュージシャン志望の青年だ。日によっては商店街の誰かが通報するらしく、お巡りさんがやってきて演奏はしまいとなる。けれど今日は、皆仕事でそれどころではないのか、弾き語りはいつまでたっても止む気配を見せない。

処方箋をとりに診察室にきた看護師の早月《さつき》が、右手を受話器に模し、そっと耳にあてた。

通報しましょうか、の合図だ。

わたしは軽く首を振り、次の患者を受け入れる準備に入った。本当は、あの下手なギターが嫌いではないのだ。次の患者のカルテを開き、病状やこれまでの会話を思い起こす。記憶力だけは、わたしの昔からの数少ない自慢だ。この街で開業する前の、医局時代のミーティングの内容も、助詞一つに至るまで事細かに憶えている。この記憶力が失われたときが、廃業のときかもしれない。そのときは早月には申し訳ないが、路上占いでもやろうかと考えている。

ただ、それはもう少し先のことだろうと思う。根拠はない。根拠はないが、昔から、自分の脳の状態を気にして生きてきた。朝起きてまずやることは、百から七を順にひいていく、あの有名な認知症のチェックだ。もう数列を暗記してしまっているため、さほどの意味はないが、それでも日ごとに異なる調子を少しは確認することができる。

——夏川峰《なつかわみね》。二十三歳男性、鬱《うつ》病。

最後に交わした会話は、こう。

——おかげさまで復職もできました。本当にありがとうございます。

——いえ、夏川さんご自身のお力です。

こんなやりとりも、患者の側に余裕がなければできない。いい兆しといえるだろう。

立ち上がり、待合室へつづくドアを開けた。

「夏川さま、どうぞお入りください」

間を置いて、電子書籍のリーダーに目を落としていた青年が、はい、と小さく独語するようにつぶやき、やや慌てながら鞄《かばん》にリーダーをしまった。粗忽《そこつ》なようだが、集中して文字を追うことができるようになったのは、治療が進んでいる証だ。

もちろん、波のある疾患だから油断はできない。

それでも初診の際には、ぼんやりと待合室のベンチに腰をかけて、スマートフォンの画面に目を落としながらも、実際は操作していなかった。しかも自力で治そうとして、海外の向精神薬を個人輸入して服用していた。病院へ行くという、ただそれだけができないために。

が、個人輸入とて、いつまで合法にやれるかもわからない。薬を断てば、離脱症状、いわゆる禁断症状が出る。いつか専門家の処方に変えなければと思いながら、日々が過ぎていった。

仕事は初診の二週間前から欠勤。

せめて、診断書の一枚でもほしい——。そう一念発起して、わたしの病院、良月《りょうげつ》メンタルクリニックの門を叩いたということだ。青年は自ら輸入した薬のパッケージを持参してきた。インド産のジェネリック薬だった。わたしは箱に記載されている成分表をルーペで読み取り、同様の、日本で認可されている薬に切り替えることができた。

それが、約半年前のことだ。

「どうでしょうか、このごろの調子は」

「おかげさまで、ぼちぼちです。低空飛行ではありますが……」

「低空飛行とおっしゃいますと？」――青年が伝えたいことはわかるが、一応訊《き》いておく。

「あ」青年がはにかむように笑い、首筋に手をあてた。「ええと、絶好調ではないものの、幸い仕事もできているということです」

「お仕事の内容はいかがです」

「相談して、負荷の低い作業に回してもらうことができました。上にこんな相談ができるようになったのも、良月先生のおかげです」

さしあたり、上向いているといえそうだ。

相槌《あいづち》を返しながら、プリントアウト済みの処方箋に目を落とした。

「……実は、昨年来から政府のお達しがありまして」

「なんでしょう？」

「あまり多種の薬を出さないようにと。ですから、どうでしょう、少し減らしてみませんか」

これは本当の話だ。

ただ、過度な不安や期待を抱かせないよう、政府に悪者になってもらうことにした。

「もちろん、ご心配であれば、これまでと同様にお出しすることもできますが」

結局、青年は薬を減らすことに同意した。

一錠でも多いほうがいいと薬を欲する患者も、いないわけではない。が、たいていの患者は徐々に減らしていきたいと願っている。わたしは処方箋の朝の一錠に定規で二重線をひき、訂正印を押した。青年の退室後、処方箋をとりにきた早月が、ちらと手元に目を落とし、あらというように眉を上げた。わたしも軽く眉を上げ、それに応えた。

これが、その日最後の診療となった。

早月が退勤してから、残っていた事務仕事を済ませ、やっと白衣を脱いだ。が、まだやることがある。今日、患者たちと交わした話を忘れることだ。一度きっちり忘れて気持ちを切り替えないと、患者との適切な距離がとれなくなる。忘れることは、精神科医の仕事の一つなのだ。ところがわたしの場合、これが問題になる。

例の記憶力だ。

わたしは何事も憶《おぼ》えすぎる。義務教育のころには、それが原因で心身のバランスを崩したことさえあった。通常なら忘れてしまえるような、友人のちょっとした皮肉や、試験でのミスといった誰にでもあることが、しかし、鮮明に焼きついたままになるのだ。精神科という道を志したきっかけだが、向かない職に就いてしまった気もする。

ガード下の弾き語りはいつの間にか終わっていた。

一階に書店が入った雑居ビルに向かい、その階段を上りながら、財布からポイントカードを出した。〝中国整体　北口離れ〟――シンプルな店名で、集めたポイントはすでに七割がた埋まっている。

店の鉄扉を開けると、香を焚《た》くいつもの匂いとともに、古くから染みついた人々の疲れの気配のようなものが漂い出た。

土間に赤と青のスリッパが並び、赤いほうはやや斜めに傾いている。うっすらと、どこで買えるのかもわからないリラクゼーション・ミュージックが聞こえてきた。

「ああ――良月さん、いらっしゃい！　今日もお仕事帰りですか」

迎え入れてくれたのは、日本語の堪能な強《チアン》さんだ。わたしは脳にからみついた患者たちの声を和らげるため、仕事のあと、毎晩のようにここへ通っている。場所を教えてくれたのは、マッサージを謳《うた》う違法風俗店に勤める患者さんだ。

――わたしたちも、皆、最後にはあの店に行くんです。なんといっても腕がよくってね。

一日中人の身体に向かいあって、ときには嫌な客にもあたる。そんな彼女らが最後に行く店、ということらしい。いわば、街を行き交う疲れの連鎖の終着点だ。おのずと、スタッフの腕もいい。

「すみません、今日、劉《リュウ》さんが休みで……。女性でもいいですか？」

握力が弱くてもいいかということだ。ええ、と頷《うなず》いた。どのみち、わたしの場合、凝っているのは身体ではなく頭のなかだからだ。同じような客は、多いのではないかと思う。

「わかりました。では、先にご案内しますね」

ベッドが一つあるだけの、カーテンで仕切られた個室に通される。まずネクタイを弛《ゆる》め、それから、傍らにかけてある生地のくたびれた寝間着に着替えた。寝間着は上下がばらばらで、上が青、下がピンク色だ。きれいに洗濯はしてあるが、上から三つ目のボタンがほつれ、とれてしまっている。まもなく、強さんが若い女性の整体師をひきつれてやってきた。

「香月《シアンユエ》さんです。留学中の学生で、新人ですが評判はいいですよ」

よろしくお願いします、とわたしは荷物かごをベッドの下に滑らせ、うつ伏せになった。

「どこ疲れてますか？」

「そうですね」――本当はどこでもよかった。「肩と、それから首のあたりを」

香月はしばらくわたしの背に触れ、軽く上下にひっぱった。

「違うね」

「え？」

「目と、あと右手も疲れてる」

その通りだった。わたしは自分の方針として紙のカルテを用い、日々、それとにらめっこをしている。万年筆を持つ右手は、少し痺《しび》れてもいた。驚きはしたが、勘のいい整体師なら、まして日々人体に触れているなら、直感でわかることかもしれないと思い直した。

本当に面食らったのは、そのあとだ。

彼女が触れたのは、わたしの右肘《みぎひじ》の、ちょうど神経の集中している、あのぶつけると痛い場所だった。少し痛いよ――。香月が前置きしてから、こつこつとノックでもするように、指先でわたしの肘をつついた。効果はすぐに出た。

痛みとともに肘から指先へ痺れが抜け、嘘のように右手の不調が晴れた。

「あと、目ね」

職業柄か、わたしは自分でも目のツボをよく押す。まず親指のつけ根あたり、首のうしろ。眉の中心や、こめかみ。東洋医学を信じているわけではないが、気分転換にはなる。

ところが、香月はそのどこでもなく、わたしのふくらはぎを揉《も》みはじめたのだった。力はけっして強くない。まして、タオル越しの施術だ。

けれどやがて、潮がひくように、目の芯の鈍い痛みや、それに伴う軽い頭痛が失せていった。それにしても、こちらのオーダーなどまるで無視だし、詐術めいた何かにたばかられているような気も否めない。

が、これはこれで面白いぞと思いはじめた。

「何をやったのです？」

「色が違う」

聞き違いかと思ったが、確かに彼女はそう口にした。押すべき部位の色が違って見えるということか、それとも、非科学的なオーラのごときものを意味しているのか。問おうにも、言葉がさほど通じない。結局、心中で眉に唾《つば》をつけながら、曖昧《あいまい》にうなるのみだった。

「お客さん、占いの人？」――仕事は占い師ですか。

「まあ、それに近いです」

患者の脳で何が起きているかは、科学が発達したいまなおわからない。自分の仕事を、占いのように思うことはある。相手から見えない口元で、わたしは苦笑いをした。そのときだ。

「頭、すごく黒くなってる。いろんな人の声が入ってるね」

「え？」

一瞬、時間が止まったように感じられ、遅れていつもの垢抜《あかぬ》けないリラクゼーション・ミュージックが聞こえはじめた。それから、やっと考え直す。香月の言は、多くの人間にあてはまることだ。とりわけ、コールセンターや会社の営業などでは。

「身体の疲れ、わたし、とれる。でも、心、治せないね」

やるだけ、やってみる——。

香月はそういうと、わたしの左手首に目をつけた。手首の外側、尺骨《しゃっこつ》と橈骨《とうこつ》の中心をぐっと押しこまれる。痛みはない。かわりに、頭を涼やかな風が抜けた感触がした。ふいに、子供にでも戻ったかのように錯覚した。まるで、見るものすべてが新しかったころの——。こうなれば、あとはなすがままだった。

気がつけば、もう六十分が過ぎていた。

「また来てね。少し、わかった」——コツを摑《つか》んだ、ということだろうか。

「きみはいったい……」

頭にかかっていた霞《かすみ》が、わずかに晴れてきているのがわかる。が、問《と》い質《ただ》す間はなかった。

香月は手を洗うためにすぐその場を離れ、別の客についてしまった。帰りぎわ、カードにスタンプを押す強さんに、なかなかでしょう、と同意を求められた。答えようとしたが、いましがたの体験が言葉にならない。ただ、好奇心もあり、次からも彼女に頼みたい旨は伝えた。

「了解です。あ。このカード、今日から一列貯まるごとに十五分サービスになりましたので」

「それはどうも……」

爽快さと表裏一体に、それこそ狐につままれたような疑念が湧き起こる。たとえば、自分は何か催眠術のごときものにかけられたのではないか。疑えばきりがない。それでいながら、わたしはこう自問せざるをえないのだった。

これまで、自分が治療だと思ってきたものはなんだったのかと。


それからもわたしは足繁く香月のもとへ通いつづけた。半分は、無視できない事実として、心身の調子がよくなっていくから。残りの半分に、見極めてやりたいという気持ちがあった。つまりは、自分がなんらかの奇術めいたものにかけられているのか、それとも、本当にこれまで知らずにいた、見えていなかった世界があるのかを。

わたしが患者に出す処方や勧める療法は、すべて根拠を持つ、統計的に有意とされているものだ。診察室のデスクに目をやれば、根拠にもとづく医療《エビデンス・ベースド・メディスン》の本もある。医師としてのわたしにとっての、これがいわばバイブルだ。

対して、東洋医学は、ほとんどに根拠がないか、あるいは未知数だ。

鍼《はり》治療が、いわゆるプラセボ効果——効くと信じることで、実際に症状が改善するという、あのよく知られた現象であることは、疼痛《とうつう》治療など一部を除いて実証されている。皆がよく服《の》む、風邪に効くとされる葛根湯でさえ、実は統計的な裏づけがない。だから、わたしにとって香月の施術は、いや、ことによると香月という存在そのものが、刃の切っ先のようにわたしに問いをつきつけてくるのだった。

おまえは真の意味で患者を治療しているのか、と。

こうしたわたしの迷いを、香月がどこまで見抜いていたかはわからない。ある程度は、察していたかもしれない。そして、わたしはわたしで探る気持ちを抱きながらも、足を運んだら運んだで、現に具合はよくなる。が、なぜ効くのかと訊《たず》ねても、やはり、色が違う、としか答えてもらえない。

アレルギー体質まで改善した。

それまで、花粉から埃《ほこり》、光りものの魚と、あらかた炎症反応を示してきたのが、血液検査の結果、残っているのはスギ花粉のみで、あとはアレルゲンではなくなったといい渡された。

「すごいね、あの子」

そう素朴に驚くのは、看護師の早月だ。

肩凝りがひどいとあるときこぼしていたので、香月のことを教え、勧めてみたのだった。

「凝りがなくなるどころか、目覚ましの最初のベルで起きれるようになったよ」

早月は朝が弱いらしく、たまに、少し遅れてクリニックにやってくる。睡眠リズム障害ということだが、それさえ改善してきたということらしい。

「なんか、仕事へのやる気も上がってきた感じ。いや、やる気がなかったわけじゃなくてね」

「どう思います？」

「普通に本物だと思うよ。プラセボなんかじゃなくてね。先生、このままじゃ患者さん、持ってかれちゃうんじゃない？　第一、当のお医者さん自身が入れあげてるくらいなんだから」

「わたしは対決するような心持ちなのですが……」

「本当？」

鋭く、疑うような目つきが返ってきた。

「先生も、本当は信じてるんじゃないの？　じゃなきゃ、プラセボ効果だって生まれない」

「いましがた、本物だと自分でいってたではないですか」

「そこはそれ――」

早月はそういうと、これからの仕事に向け、右手で胸を押さえながらドリンク剤を飲んだ。

彼女の指摘は、確かにわたしの痛いところを衝くものだった。プラセボ効果においては、患者がそれを医療だと信じることによって、実際に症状が改善する。香月の施術も、わたしは十中八九プラセボだと考えている。すると、パラドックスが生まれる。

わたしは香月の施術を疑っている。

であれば、プラセボ効果は発現しないはずなのだ。

してみると、わたしの疑念は表面上のもので、心のどこかで信じてしまっているのではないか。そう考えれば、プラセボ効果は確かに起こりうる。

この場合、残る問題は何か。わたしの心だ。

大袈裟にいうなら、西洋医学に属する者として、わたしは医師としての実存を問われているのだった。

ところで、そのころわたしは一度、店の外で香月の姿を見かけた。

それは、わたしが知る普段の彼女と異なる——いや、むしろそれが彼女の素であったのだろうが——彼女は生気のない顔つきで公園のベンチに腰かけ、夕食がわりのコンビニのおにぎりを食べているところだった。

——もっと栄養を摂《と》らなければ。

わたしが声をかけると、香月はぴくりと肩を震わせ、こちらに向けた目をすがめた。

——ごはんの時間、ないから。

なんだか疲れちゃったから、先生のところへ通いたいとも彼女は口にした。このころには、彼女もわたしの職を把握していた。わたしは皮肉に感じながらも、いつでもどうぞと答えた。

健康保険が気にかかったが、それは問えなかった。

——学校のほうは、大丈夫なのですか。

——それは、まあ……。

香月がさっと目を背け、その場はそれきりとなった。

「先生、患者さん」

早月の一言で、我に返る。

わたしのクリニックがあるのはビルの四階。患者がエレベーターを使ってここまで上がってくる、そのドアが開く音がしたのだ。患者の少ない午前のいっとき、雑談をしていたというわけだ。わたしは足早に診察室に入り、デスクについた。追って、受付のカウンターでのやりとりが聞こえてきた。

しばらくして、早月が患者のカルテを渡しにやってくる。

カルテを開き、普段のように、その患者との最近の対話を思い出そうとして——そして、愕《がく》然《ぜん》とした。何も出てこなかった。記憶を司る脳の海馬が、霞の向こうへ遠ざかったようだった。そういえば、ここしばらく、自分の調子をはかる毎朝のチェックも怠っている。

「先生？」

「ああ、すみません……。患者さんに、少し待つよう伝えてもらえませんか」

カルテと向き合うこと一、二分。やっと、記憶の尻尾を捕まえられた。

——野方笑《のがたえみ》。

——二十六歳、女性。交通事故後に疼痛を訴えるも、整形外科その他での所見はなし。心因性が疑われたため、三ヵ月前より、この良月メンタルクリニックに通院中。

最後に交わした言葉は——。はたと、カルテを追う視線が止まった。

——あの外から聞こえてくるギター、あたし、嫌い。

——なぜですか？

——共感覚っていうのかな。あたし、音が色として見えるの。その色が、いまいち。

その患者はカジュアルな、普段着に近い恰好で入室してきた。事務仕事の片手間にウェブアイドルをしているとのことだが、こうしてラフな服装で来院してくれるのはありがたい。むしろ、信頼されていると感じるからだ。

逆に、おそらく通院して医師と会うこと自体がストレスなのだろう、着飾って気合をこめ、めいっぱい元気を出して診察に臨む患者もいる。そうなると、実際の病状が見えにくい。

もちろん、ある程度の想像はつくものの、わたしはあくまで目の前の患者の訴えを重んじ、事実が語られているという前提に立ち、そして心証や予断を斥《しりぞ》ける。それが、わたしが自分自身に課しているルールだ。職業倫理といってもいい。だから、わたしは直感的に適切な治療ができる名医ではない。それでいいと思ってもいる。

あるいは、わたしは医師に向いていないのかもしれない。

「いかがですか。あれから、調子のほうは」

「薬を服《の》んでいるうちは治まります。でも……」

「なんでしょう？」

「これって、抗鬱剤なんですよね？」

疼痛に一部の抗鬱剤が有効であることは、統計的にはっきりしている。事実、わたしが彼女に処方したのもそれだった。しかし、メンタルヘルスに不安のない患者が、しばしば、こうした薬に抵抗を覚えるのも実情だ。

「副作用の小さい薬ですので、その点は安心してください」

ここは、いいきることが肝要だ。望もうと望むまいと、医師の言葉には重力が働く。

「ただ、調子も悪くないようですので、少し減らしてみることもできますが」

「いえ」わずかな間ののちに、答えが返った。「先生を信じてみることにします」

「服み残しはありますか？」

「ええ、だいたい五日ぶんくらい」

「どうしましょう。二十八日ぶんを二十三日ぶんにしておきますか」

「お願いします」

その日の午後は、十一人の患者を診ることになった。

クリニックを閉め、わたしはまた例の整体を訪れた。時間はほぼきまっているので、香月が店にいる日は予約をし、あらかじめ指名している。先の疼痛の患者に、この店を紹介すればよかったと思う。おそらく効果はあるだろうし、たとえば鍼灸《しんきゅう》にしても、疼痛に対しては統計上の根拠《エビデンス》が存在する。

が、その日、わたしは別のことを考えていた。

「やあ、いらっしゃい、良月先生」

いつものように強さんがわたしを出迎え、温かい緑茶を待合のテーブルに置いた。一口だけ飲んでから、傍らのかごに入っていた苺味のキャンディを口に放りこむ。キャンディの包装は中国語で読めないが、果実や乳牛の絵がついているので、だいたいの見当はつく。

「ねえ、強さん——」

カウンターの向こうでスケジュール表か何かをチェックしている相手に、声をかけた。

「ここで使ってる整体のベッドって、個人で買うと、いくらくらいするものですか?」

「ぴんきりね」

強さんが下を向いたまま応じた。

「安いのだと、一万円から。でも、五万以上のがいいですよ。まさか、転職をお考えで?」

曖昧に首を振り、ころりと口のなかで飴を転がした。

まもなくして部屋に通され――少なくとも彼らは部屋だといっている――それから、いつものくたびれた寝間着に着替えた。やがて香月がやってきて、挨拶ののち、どこが悪いか問いもせずに施術にとりかかった。まず足先や手首の裏、ついで首のうしろを押される。彼女の施術は一見するとちぐはぐで、あっちへ行ったりこっちへ来たりする。

しかしそれは適確に、わたしの悩み、脳の海馬の内奥に眠る記憶のもつれをほぐしていく。

「……きみの術《わざ》は、おそらく、共感覚というやつだと思う」

通じないだろう言葉を、独語するように紡いだ。

「よく、人のオーラが見えるとかいうだろう。ことによると、あれもきっと……」

「先生、じっとね」――やりにくいから、静かにしてください。

わたしはベッドの下のかごに手を伸ばし、忍ばせておいた紙きれとペンを渡した。あらかじめ、紙きれにはこう書いてある。うちのクリニックで働いてみないか。給料はもっと出せるし、就労ビザの心配もない。貴女の腕を必要としている患者がいる――。

ウェブを通して翻訳した中国語だが、意味は伝わるはずだ。いつも世話になっている整体院には申し訳ないが、彼女であれば、きっとわたしのやりかたでは取りこぼしてしまう患者の治療が可能になる。

香月の手がしばらく止まった。

彼女は筆談に応じるかわりに、紙きれを白衣のポケットにしまい、ペンをベッド下のかごに音なく放りこんだ。

「困るね」と、筆談ではなく上から声がかかった。「先生に、迷惑、かかる」

——迷惑？

疑問がよぎったが、つづく言葉が出ない。自分の語学力のなさが悔やまれた。そうして、その日もあっという間に六十分が過ぎた。帰りぎわ、わたしは強さんにたしなめられた。

「先生は大事なお客さま。でも、うちの看板娘をデートに誘わないでくださいよ」

カメラで見ていたのだ。

赤面しそうになり、軽くうつむいてしまった。

「あの子もまた、うちの大事なスタッフなんですから……」

店を出たところで、温い風にふわりと身体を包まれた。

引き抜きではなくデートの誘いと誤解してくれたのはありがたい。いや——そうだろうか。ことによると、自分は本当にデートに誘いたかったのではないか？　そして、酔客や柄の悪い客、セクシャルハラスメントをする客たちから、香月を離したかったのではないか。わたしはそんな本心を隠し、仕事と偽り、彼女を誘い出そうとしたのか。だとすれば、たちの悪い客と何も変わらない。いや、それ以下だ。

急に、自分が惨めに感じられてきた。

このときだ。背後からわたしを追う足音がした。振り向いたわたしの顔は、さぞ間抜けなものに見えたことだろう。追ってきたのは香月だった。が、それは心変わりではなかった。

「忘れものね」

押しつけるように、彼女がビニール袋を手渡してきた。ずしりと重い。それは彼女なりの礼であったのだろう、近くの中国人向けの食材店で買ったと思われる、向こうのちまきだった。皮肉だ。どちらかといえば、わたしは彼女に栄養を摂ってもらいたいのだが。

礼をいうと、香月はまた小走りに店へ戻っていった。わたしは袋のなかを覗き、一人では食べきれないな、などと思案した。通りすがりのギターケースを担いだバンドマンが、「何？」と興味深そうに覗きこんできた。

「ふうん、美味《うま》そうじゃない」

実際それは美味そうではあった。が、求めていたものでないことも確かだった。


「で、結局、香月ちゃんにはふられちゃったと」

ちまきの一つを食べ終えた早月が、指をひと舐《な》めした。

無遠慮ないいかただが、彼女の口さがなさに、わたしは助けられることが多い。

「引き抜きに失敗しただけです」

そう応じてから、馬鹿なことをいったものだと思った。

案の定、はあ、と早月が肩を落とした。

「いまのままで充分だと思うよ。別に、先生のやりかたが間違ってるとは思わないし」

「でも、香月さんのようには――」

そこまで口にしたところで、エレベーターが上がってくる音がした。

「自分を信じられない医者を誰が信じる？　さ、自信持って仕事にあたって」

早月のいう通りだ。

気持ちを切り替えて、ちまきの皮を捨てて診察室に入る。午後三時からの昼休み明けは、だんだんと忙しくなってくる頃合いだ。デスクについてから、なんとなく根拠にもとづく医療《エビデンス・ベースド・メディスン》の本を裏返した。いっぺんに二人、三人と患者が待合室に入ってきた。迷うことはない。いつもと変わらず、西洋医学をベースに仕事をこなすこと。

そう腹をきめたはいいが、その日はどうも勝手が違った。

――八巻光《やまきひかり》、三十六歳。

――システムエンジニアをしていたが、オーバーワークがたたって鬱病を発症。

「八角の匂いがしますね」

「中国のちまきを食べていたものですから。……すみません、気になりますか」

「いえ、それほどは。ただ、あの国の人は嫌いです」

「そういうものですか」

こんなときは、受け流すのがわたしの仕事だ。

ただ、退勤後も頭にまとわりつくのは、こういう一言であったりもする。そしてまた、香月のことを思い出してしまった。留学生だというのは、嘘だろう。学校へ通っている様子はないし、おそらくは出稼ぎだ。ただ、前に強さんはこんなことをいっていた。このごろ本国の景気がいいから、人材の確保が難しくなってきているのだと。

——日本の人を雇ったこともありますが、すぐに辞められてしまったりで……。

ではなぜ、香月はわざわざこの国へ来たのか。

このような差別を受けたこととて、一度ならずあったはずなのに。

「……その後、いかがでしょう。お変わりはありませんか」

「明けがたに目覚めてしまうことが増えました。これって、季節のせいでしょうかね？」

「では、少し長めに効く薬をお出ししますか」

「仕事上、朝まで効果が残ってしまうと辛いのですが……」

「わかりました。中くらいのものにしましょう。兼ねあいを見て、また相談してください」

「助かります」

いつもと同じ手法、同じ診察。そのはずだ。が、わずかながら違和感があった。二人目、三人目とつづくほどに、違和感は高まっていった。やがて理由がわかった。

患者と話したことが、記憶に固着しないのだ。

診察前にカルテを見てから、その患者の顔を思い出すまでの時間も、前に増して長くなってきた。ここしばらく気にかかっていたのが、支障を来すまでになってきている。

百から順に七を引いてみる。九十三。八十六。七十九……。今年は元号で何年か？　総理の名は？　さっき食べたものは？　いましがた捨てたりまきの皮を思い出し、苦笑が漏れた。

押し寄せた患者の波がひいたときには、すでに診察時間の終わりにさしかかっていた。

待合室に出ると、玄関のガラス戸越しに、診察中の札を裏返す早月の姿が目に入った。彼女が戻ってきたところで、すみません、と声をかける。

「どうも調子が悪くて……。明日、休診にさせてもらえませんか」

早月は理由も訊かずに頷くと、受付に戻ってＡ４用紙をカウンターに載せた。「本日臨時」とまで書かれたところで、結局、患者のことが気がかりになって止めた。

「失礼、どうかしてました」

「なんだ、ショッピングにでも行こうかと思ったのに」

これはわたしを慮《おもんぱか》っての嘘だ。

「本当に大丈夫？　お医者さんと共倒れになっちゃ、患者さんも――」

「大丈夫です」気を持ち直して、そう答えた。「少なくとも、いまのところはですが……」

「やあ、先生、いらっしゃい。香月も待ってますよ――」

普段と変わらない強さんの口調が、頼もしく感じられる。

ゆっくりと頷き、いつものポイントカードを差し出した。受付横の水場で手を洗っていた香月が、こんにちは、と笑顔をよこした。こちらはというと、硬い微笑《ほほえ》みを返す。

最初のころと比べ、香月の施術は肩や腰を中心とした、通常のものに変わりつつあった。

彼女がいうには、頭のほうはだいぶよくなってきたらしい。その通り、わたしを苛《さいな》んでいたわたしの記憶は、確かに薄れつつあった。そしていま、心地よい刺激のもと、意識はまどろみつつある。ことによるならば、死のように。

その小さな死のさなか、今日を最後とすべきかどうか、迷った。

「だいぶ、いい色。先生、最初、本当ひどかったよ」

それにしても、いったい彼女は何を治療しているのか。

鈍いわたしにも、やっとその正体がわかりつつあった。

小さいころから、記憶力だけは自信がある。が、それが高じて、精神面の問題を抱えた。これをきっかけに、精神科を志した。ところがその職は、わたしには不向きだった。

わたしが医師であること。

それ自体が、香月からすれば病なのだ。いや、香月がそう意識しているわけではないだろう。彼女の目——彼女のいうところの色からすれば、わたしが医師であることが、病理に映るのではないか。

「先生、座りすぎね。座骨神経、硬い」

「仕方ありません。そういう仕事なのですから」

温和に応えながら、ここへ来るのは今日で最後にしようときめた。そうきめたとき、香月の手の動きがぴたりと止まった。心を読まれた気がした。何かいわなければと思ったが、言葉が出ない。

背骨沿いを、這《は》うように香月の指が滑った。まるで、喪われゆく何かを愛《め》でるように。手が首筋まで上がってきたとき、ピ、と六十分を告げるタイマーが響いた。香月は軽くわたしの肩を叩いてから、終わり、と軽快に語尾を上げた。起き上がって彼女の顔を見た。表情は、いつもと変わらないように見える。

彼女の目を借りるなら、いま、彼女は何色をしているのだろう？

足が整体院から遠のいた。

香月の前に世話になっていた劉さんにお願いしようかとも考えたが、たびたび指名を変えるのは、さすがにはばかられる。わたしにとっても、たびたびかかりつけの精神科を変える患者は扱いにくい。店で、香月の顔を見ることになったら気まずいのも確かだ。

記憶力は徐々に戻ったものの、万全ではない。

が、それくらいでいい塩梅《あんばい》のようにも思えた。

結局、次に整体院を訪れたのは二ヵ月が過ぎてからだった。

理由は単純で、デスクで毎日カルテや処方箋、帳簿の類いをにらんでいるうちに、肩が凝り、凝りがやがて頭痛となり、我慢できないくらいにまでなってしまったからだ。

「やあ、先生、お久しぶり――」

強さんはいつも通りの口調で迎えてくれたが、顔に一点の曇りがあるのが気にかかった。

「何かあったのですか？」

「香月さんがやめちゃいまして……。やめたといいますか……」

「強制送還？」

つい、思いつきをそのまま口にしてしまった。

強さんが唇の前に人差し指を立てながら、小さく頷く。これは、訊ねたわたしが悪かった。こんな話をすれば、いたずらにほかの客を刺激してしまう。強さんは小さく目をすがめてから、思わぬことに、今日はわたしがやっていいですかと申し出た。

いわれるがままに、個室に通される。

クレームでも入ったのか、あるいは、さすがにまずいと判断されたのか、寝間着が新しいものに替えられている。遅れて入ってきた強さんが、着替えてうつ伏せになったわたしの背や肩に触れ、うわ、これはひどいですね、と声を上げた。

しばしのあいだ、無言の施術がつづいた。

やがて、カーテン越しの隣の客が帰ったところで、

「あの子、新疆《しんきょう》ウイグルの出身でね」

まるで宙空に独り言でもいうように、強さんがささやきかけてきた。

「運動のために送金してたらしいです。そのことが、当局にばれたみたいで」

声をひそめたまま、強さんはいいにくいだろう話をつづけてくれた。

中国領内にはチベットなどの自治区もあるが、大々的に人民解放軍が展開されているのは、ウイグルくらいのものであるらしいこと。香月が、そのウイグルの反政府組織に属していたと疑われること。

やっと、さまざまなことが腹に落ちてきた。わざわざ日本で働くこと。それからわたしへの態度――。

「だから、帰国した彼女を待ってるのは……」

その先は言葉にならなかった。が、充分だ。それくらいは、鈍いわたしにも察しがつく。

窓越しに、けっして上手くはないギターの弾き語りが聞こえてくる。上手くはないが、彼は成功を手にした。もともと、オリジナルの詞は悪くなかったのだ。それで当人なりに考えたのか、思いきって歌ではなく舌っ足らずのラップ調に変えたところ、妙な味があるということでウェブで人気を博し、いまやメジャーレーベルとの契約まで話が進んでいると聞く。

商店街の面々は、これでやっと静かになると胸を撫で下ろしたが、当の本人は、何を思ってかあいかわらずガード下での演奏をつづける構えだ。

入口のドアにくくりつけてあったベルが鳴り、慌てて受付カウンターの裏に回った。これまでのように看護師まかせとはいかず、いま、わたしはクリニックを一人で回している。

「やあ、良月先生」

なじみの客がポイントカードを差し出してくる。表の印刷は――良月AR整体クリニック。

「お預かりします」

カードを受けとり、客を診察室へ案内する。診察室にあるのは、わたしのデスクや観葉植物のほかに、整体用のベッドが一台。スタッフが自分一人なので、完全予約制だ。

「では、さっそくやりましょうか。お着替えになったら呼んでくださいね」

患者を診察室に残し、わたしは受付カウンターの奥で専用の眼鏡をつける。

この眼鏡は、針生《はりう》という知人のエンジニアに特別に作ってもらったものだ。備えつけられたマイクで問診内容を拾い、カメラで患者の姿勢や身体つきを読み取り、ウェブを介し、人工知能《AI》を通じて診断を下す。このAIが優秀で、患者のちょっとした姿勢の違いなども拾ってくれる。たとえば、右脇をかばうような姿勢であれば胆石を疑うといった調子に。

「着替えました」

「はい、少々お待ちください」

――谷岡継《たにおかつぐる》、五十二歳。

――原因不明の微熱がつづき、評判を耳にして当クリニックを訪問。

ベッドにうつ伏せになった客の背が、いま、ぼうっと赤黒いオーラをまとっているのが見える。特注の眼鏡がわたしに見せている拡張現実《AR》の映像だ。整体用のモードに切り替えれば、わたしが揉むべき場所まで教えてくれる。

こうして、眼鏡を通して見る色を頼りにしながら、整体をやるというわけだ。

胡乱《うろん》な商売であるので、案の定というか、最初は赤字つづきだった。

転機となったのは、わたしが――正確にはこの眼鏡が、ただの体調不良だと思われていた倦怠感や腹痛を元に精密検査を強く勧め、結果、客の膵臓に巣くっていたステージⅠの癌が発見されてからだ。いまのところ予後がよく、わたしはすっかり命の恩人ということになり、それから徐々に評判が広がって客も増えてきた。

「だいぶ、よくなってきてますよ」

応えるかわりに、う、と客が呻き声を上げた。

「……やはり、心因性と考えて正しかったと思います。波があると思いますので、少しよくなっても、お医者さんの薬を減らしたりはしないでくださいね」

診断は神経症。

渋る相手を説き伏せて精神科に通院させ、やっと症状が改善してきたところなのだ。

客が帰ってからは、まず念入りに手を洗い、ベッドを掃除する。ベランダに洗濯機が置かれ、常に大量のタオルを洗って干すようになったのが、一番大きな違いかもしれない。

――その日の最後の客は、閉店から二十分も過ぎたころにやってきた。

「すみません、うちは予約制で……」

と、そこで言葉が止まる。

戸口にいたのは、上目づかいに、やや恨めしげにこちらを見つめる早月だったからだ。

「予約っても、いまや一ヵ月待ちなんでしょ？　よかったじゃない、上手くいって。顔色だって、なんとなく前よりよさそうな感じだし」

「ええ、その……」と、無意識に目を伏せてしまう。

「こんなことをやっても、あの子は戻って来ないよ」

前と同じく、口さがない。それが、懐かしくも感じられる。

「わたしも診てみてよ。知らない仲じゃないんだし、あと一人くらい、かまわないでしょ?」


問診を通じて、わたしは早月の症状を知ることとなった。

ときおり、急激な動悸や不安感に襲われ、立っていられなくなる。かつての職場の駅などで、一歩も動けなくなったり、その場で吐いてしまうこともある。症状が出はじめたのは、いまより数年前。精神科での診断は、パニック障害。が、彼女はその診断に満足していない。

「どう思う? 先生、このごろ名医だって評判じゃない」

自責に襲われた。

ここでずっとサポートしてくれた彼女の病状を、ほかならぬ専門家でありながら、わたしは見落としてきていたのだ。わたしの心証と、眼鏡の診断は一致している。診断を下さないわけにもいかない。

「……心的外傷後ストレス障害《PTSD》です」

湿りがちに、口を開いた。

「ですから、たとえば前の職場で嫌なこととか――」

そこまで口にしてから、固い壁にぶつかったように、先をつづけられなくなってしまった。

「……すみません、病院をたたんでしまったのも、いきなりのことでしたし……」

「原因は先生じゃないよ」

さばけた口調で早月が応じた。

「もっと前の病院でのこと。ひどいパワハラを受けたことがあってね。だから、ここにあった病院はよかったな。やっと、腰を落ち着けることができると思った」

ちらりと、伏し目がちだった視線が持ち上がる。

「うん。正直恨んでる」

それから、わたしはいったん席を外した。ほかの患者と同じように、着替えてうつ伏せになってもらう。彼女が着替えたことを確認して、わたしは眼鏡を整体用のモードに切り替える。

「ねえ」

うつ伏せになったまま、早月が思わぬ要望をした。

「その眼鏡、外してやってくれない？　なんか、ちょっと気味悪くて」

「たまにいわれます」

わたしは苦笑いをした。こうなれば、あとは普通の整体だ。

眼鏡に頼ることなく、これまでの経験で施術を試みる。凝っていた。肩甲骨にはなかなか指が入らず、首は通常の湾曲より浅い、ストレートネックになっている。できるだけ丁寧に、少しずつ、わたしは早月の凝りをほぐしていった。

「上手いじゃない」早月は最後にそういった。「確かに、お医者さんより向いてるかもね」

「……触った感じでは、たぶん、胃も少し悪いです。念のため、検診を受けてみてください」

いまの職場環境について訊ねかけて、やめた。それは、彼女の病状が物語っている。

やましさを振り払い、思いきって訊ねてみた。

「戻ってきてくれませんか」

相手は違えど、前にもこんなことがあったと思い出す。

「実は、登記上は病院のままなのです。昔からの患者さんには、薬を処方したりもします。ですが、新しいお客さんがメンタルヘルスの問題を抱えていることも多くて……」

本格的に、整体と精神科の両対応をやりたいということだ。そう前々より考えていて、商売も軌道に乗ったところに早月が来たのは、縁のようにも感じられた。

「調子いいこと、いってくれるじゃない」

気のなさそうな様子で早月は応えたが、翌月、彼女はそれまで勤めていた病院を辞めると、まるで自分の家のように、ちょうど客に施術をしていたわたしの診察室に入ってきた。

「ありゃ、早月さん！」

わたしが揉んでいた強さんが何事かと身をよじり、それから懐かしそうに声を上げた。

問題のビデオ通話が入ったのは、水曜の閉店後のことだった。

うちのクリニックのウェブページにはビデオ通話用の窓口があり、はじめての客や、なじみの客の相談に応じられるようになっている。映像を介するのは、もちろん、眼鏡を通して相手を診るためだ。

わたしはというと、その日は慌ただしく、眼鏡も外さぬままに待合室の掃除をしていた。

「先生——」

早月に呼ばれて、診察室のコンピュータの前に立った。普段ならば、具合の悪い常連などを除いて、ビデオ通話に応じない時間だ。が、発信元を見て、なぜ早月がわざわざ自分を呼んだかがわかった。たった三文字、yueというアカウントだった。中国語での、月。

一瞬、タッチディスプレイに触れるのがためらわれた。

早月に背を叩かれ、画面上の「応答」ボタンに触れる。

遅れて画面に映ったのは、一見して、どことも知れない場所だった。背後にあるのは剝き出しのコンクリートブロックで、そこに一枚の織物がかけられていた。タイムラグがひどい。それは、中国国内のインターネット経路情報が最適化されていないからだろう。

確かなのは、画面の真んなかにいるのが、香月だということだ。

病院をたたんだころは、彼女を簡単に引き渡した国を恨んだ。ウイグルに渡り、彼女の運動に参加しようと考えたことさえあった。しかし、香月のためにできることはなく、彼女もそれは望まないだろう。冷たいようだが、そうなのだ。彼女には彼女の闘いがあり、そして、わたしは小さいながらも守るべきクリニックがある。それだけだ。

しばらくのあいだ、わたしは何もいえなかった。

「よかった」

と、画面上の口が動いた。

「先生に、無事、伝えたくて……。でも、たくさんは話せない」

たくさんは話せない――それは、中国当局による盗聴や検閲があるからだろうか。

しかも、このビデオ通話用のソフトを中国国内でダウンロードしようとすると、自動的に別のサイトに誘導され、通信が暗号化されない専用のソフトを使わされることになる。

こうした知識は、香月がいなくなってから、眼鏡を作ってくれた針生を通じて得たものだ。

画面の向こうの香月は、言葉に反し、無事とは思えなかった。前よりも痩《や》せ、眼光が鋭い。身体のあちこちを庇《かば》うような姿勢をしている。実際、眼鏡を通した香月は、冷たく青いオーラに包まれ、身体のあちこちが赤黒く変色していた。おそらく服の下にあるのは、痣《あざ》だ。心配していいのか安堵していいのかもわからず、わたしは幾度か口を開きかけ、そして、釘を刺されたことを思い出した。――たくさんは話せない。

が、その必要もない。

わたしたちは、いま、色を通じて会話ができるからだ。

一つひとつ、ゆっくりと、わたしは香月の身体の赤黒い箇所を――それは腕にもあったし、肩や脇にもあった――自分の身体を使って指し示し、さすってみせた。香月はやや驚いたようにぴくりと身構えたが、それから得心したように頷くと、今度はわたしの悪い箇所、肩や手首、そして胃のあたりをさすった。

時間としては、短いものであったかもしれない。

けれど、一分が五分に、五分が一時間にも感じられた。その間ずっと、わたしたちはタイムラグのひどい映像を通じて、相手に触れもしない、整体とも呼べない整体を交わしあった。やがて相手を包んでいた深い青が、徐々に、光り輝く黄色にとってかわられていった。もしかすると、彼女から見たわたしの側も。

香月を日本に呼び戻したい葛藤と闘いながら、ここにない彼女の腕に、架空の首筋に、触れ、さすり、それを受け香月もまた同じようにした。色はときにゆっくりと変化し、ときに目まぐるしく移り変わった。やはり、自分は医師より整体師に向いているような気がした。

通話は突然に途切れた。

あるいは、暗号でも交わしていると当局が判断したのだろうか。それとも単に、相手方のネットワーク環境のせいか。その後、香月からふたたび通話が入ることはなく、早月が彼女を話題にすることもなかった。まるで、そのような人物など最初からいなかったかのように。

けれど、わたしにはそれで充分だった。

ここにない相手の治療は、見えないところでわたし自身をも癒《いや》していた。

医療であれ、整体であれ、わたしの本分は人を診ることなのだろう。他方、香月が癒そうとしていたのは、こういっていいならば、集団ないし社会だった。ただ、いつだったか、彼女が口にしたことが思い出された。

——身体の疲れ、わたし、とれる。でも、心、治せないね。

それは嘘だ。心においても、結局、彼女はわたしなどよりよほど名医だったからだ。

囲いを越えろ

スターターピストルが鳴った。

ジョンは地面を蹴《け》り、最初のハードルに向けて加速をはじめた。よし、と心中でつぶやく。感触はいい。気持ちは凪いでいるし、競技に集中できている。まず最初の一台、ついで二台目のハードルを飛び越えた。

二ヵ月後のオリンピックに向けた、四〇〇メートルハードルの代表選考レースだ。オリンピックへの出場を望むなら、今日、いまここで結果を出さなければならない。

この日のレースに至るまでには、さまざまなことがあった。

まず何よりも、世界を覆い尽くしたあの疫病だ。悪夢のような第三波がやってきたのが、去年の秋のこと。病はいまだ世界各地でくすぶり、収束したとは誰にも言えない。

そして、前回のオリンピックは中止。

今年、ジョンは二十七歳を迎えた。年齢から考えると、これが大舞台に臨む最後のチャンスかもしれない。一人のアスリートとして、世界になんらかの爪跡を残せるかもしれない、その最後の機会。

五台目、六台目とハードルを越える。

すでに心臓は潰《つぶ》れそうだ。

四〇〇メートルは、人間が全力疾走できるかできないかの、ぎりぎりの長さになる。いわば、究極の無酸素運動。最高に苦しく――それでいて、最高に気持ちのいい競技だ。

スピードが落ちてくるのが自分でもわかる。

だんだんと、ハードルが高く見えてくる。が、このときだ。ジョンの身体の、なんらかのスイッチが入った。苦痛が、快楽へと反転する。静かだ。あたかも、自分一人しか走っていないかのような。

七台目。そして、八台目。

ハードルとは塀や柵を意味する。最初は、羊のための囲いが競技に用いられたそうだ。越えろ、と念じた。そうだ、越えろ。いま、自分たちを取り巻くあらゆる囲いを。

九台目を越え、最後の十台目のハードルを越える。

ゴールはもう目の前だ。もう、ジョンにはわかっていた。いまのところ、ミスらしいミスはない。あとは、ゴールへ走りこむだけ。自分は、世界最速の男になったのだ。

——ジョン・ケリー・ノートン。

一八九三年生、のちのコロンビア大教授。スペイン風邪が世界的に流行するさなかの一九二〇年六月二十六日、アントワープオリンピックの代表選考レースにて、四〇〇メートルハードルで五四・二秒の世界記録を樹立した。

最後の役

考えごとをしているときなどに、麻雀の役をつぶやく癖がある。いまのところ、ほぼ誰にも気づかれてはいないと思う。不思議とこういうものは、無意識の表出でありながら、それでいて、周囲の目というものを気にするようにできているらしいのだ。例外は母だ。ぼくはそのとき高校生で、風呂上がりか何かに、ふと、母がそこにいることに気づかずつぶやいてしまったのだ。そのときの役は、立直《リーチ》だった。

進学して一人暮らしをはじめてからは、好き放題に自分の部屋でつぶやくことができた。三《サン》色《ショク》。断么九《タンヤオ》。ドラ。一気通貫《イッキツウカン》は不思議と出てこなかった。幸福な季節だった。

はじめて異性とキスをしたときは、その帰り道、よくわからない自傷癖のようなものにかられ、タイカレーとか博多ラーメンとか、そういう近くのチェーン店をはしごして馬鹿みたいに食べた。酒を飲み、タイカレー屋には二度入った。いま振り返ると、あのときはまだ性自認が揺らいでいて、ぼくのなかのもう一人が、その日起きた一大事件に全力で逆らっていたような印象がある。もちろん店員に聞かれぬよう、役もつぶやいた。さすがに記憶もおぼろげだけれど、確か、三暗刻《サンアンコー》であったと思う。

状況と役の関係は、いまもってわからない。関係はあるのかもしれないし、ないのかもしれない。みずからの意識せざる領域から、ここぞというときに、なんらかの信号が送られてきているような気もする。たとえば、本心はなんなのか。目の前の現象の真の意味は何か。あるいは、ぼくはいったい何者であるのか。もちろん、そういったこととは無縁に、ランダムに役が選ばれ、発声に至っている可能性もある。それは誰にもわからない。でも、手がかりのないぼくとしては、どうしてもそこに意味を見出してしまう。

母は、あのときのぼくのつぶやきを憶《おぼ》えているだろうか。いや、やはり忘れていることだろう。記憶するには、あまりに他愛ない出来事であったし、それ以上に、ぼくらはときに湿っぽい、ときに暴力的な家族三人のこんがらがった問題に頭を悩ませていたからだ。ぼくはことあるごと母に父との離縁を迫り、彼女を困らせていた。少なくとも、立直どころではなかったのは確かだ。

ちなみに、立直とは戦後にできた役だという。これを宣言した者は、以降、不退転の闘いをしなければならない。するとやはり、あのとき出た役がそれであったことには、理由があるのだろうか。では、一人暮らしをはじめてからの三色とかはなんだろう。なんとなく、わけもなくそのときの昂揚が役をなした気もする。

一気通貫はいまだに出てきたことがない。しかしぼくは現実の麻雀において、どういうわけか、勝負どころで一気通貫という役に救われることが多い。このあたりの関係性も、興味深いところではある。

いずれにせよ、解けない暗号であることには違いない。暗号という形で、なんらかの指令が前意識を突き抜けて降ってくる。少なくとも、そのように理解していた時期はあったし、いまも、ときおりそうではないかとも思う。あるいは、役のほうこそが主体で、ぼくはその影のような存在なのかもしれなかった。

役に支配されているという考えかたは、魅力的だった。というのも、ぼくは二十歳を迎えるころから、すっかり自分の意識というものに辟易《へきえき》していたからだ。意識から逃れること、逃げたら振り向かず、そのまま振り切ること。こうした一連の考えは、青春期のいっとき、ぼくにとって大きなテーマだった。なんであれ、自分なんかでいるよりは、麻雀の役であったほうが気が楽というものだ。それが安手の断么九だろうと、なんだろうと。

ところで、齢を重ねればこの癖もなくなるのだろうと、なんとなくぼくは直感的にそう考えていたのだけれど、結果は、まったくもってそんなことはなかった。

会社員になって二十時間くらいぶっつづけで仕事をしたあと、ふと口から出たのは、平和《ピンフ》、自摸《ツモ》、ドラ二だった。五二〇〇点だ、とぼくは思った。参考までに、そのときぼくが願っていたことをつけ加えるなら、それは「旅に出たい」だった。

このとき行きたかったのは中央アジアで、その願いは二〇一五年に叶えられた。旅の最中、口から麻雀の役がこぼれることはない。きっとここにも、なんらかの法則があるのだろう。旅と役は、たぶん、ぼくの知らない深いところで双子のように対をなしているのだ。旅と役がセット、というのもどうも面妖《めんよう》な話であるけれども。

一つ言えるのは、ぼくはどうやら、家にいながら旅人でいられるような、そういう風通しのいい精神には至っていないということだ。旅人でいられる限り、役は出てこないのだから、論理的に考えるとそういうことになる。これは今後の課題だろう。

昨今、家にいることが多くなってからは、役が口から飛び出てくることが増えた。四暗刻《スーアンコー》が多い。役満だ。なぜとここに至って役満なのかはわからない。妻には聞かれていないと思うが、妻はぼくよりも耳がいいので、本当は気づいていないふりをしてくれているだけかもしれない。その場合、変なやつ、くらいには思われているかもしれない。少なくとも、深刻には捉えられていないと思う。もっと深刻なことは、この世にいくらでもある。

認知症にかかったときが怖い。

このとき、その人の本性やそれまでの生きかたが問われるはずだとぼくは考えているからだ。普通に考えるなら、暴力的な家庭に育ったぼくの取る行動は暴力なのだろうけれども、それ以上に、一つ確信していることがある。おそらくぼくは、人目も憚《はばか》らずに麻雀の役を唱えつづけることになるだろう。それはちょっと、気まずいというか、馬鹿みたいだというか、ともかくにも恥ずかしい。

ただ、そのときの役がなんなのか、きっとそれまでの人生の反映であるべき麻雀の役がなんなのかは、少し気になっている。安い役ならいい。むしろそうであってほしい。でも役満、それも九蓮宝燈《チューレンポウトウ》とかだと、未練や悔いのようなものがおのずと感じられ、よくない。確かめる術《すべ》は、残念ながらない。

ぼくは役の影にすぎず、本当は存在しないという考えもいまだに捨てがたい。そうでなければ説明のつかない空洞のようなものもある。だとして、今際《いまわ》の際の役はなんになるのだろう。それは、洞にかつてあった何かであるかもしれない。できれば、高すぎず安すぎずがいい。ただ、それが最後の言葉になるのはちょっと嫌だ。最後の言葉は、「あの二人つきあってたの?」とか、「同窓会あったの?」とかがいい。それくらいできっとちょうどいい。

十九路の地図

1

一人、サンルームに坐《ざ》した祖父が盤に向かっている。わたしは囲碁のことなど知らないままに、向かいに陣取り、めまぐるしく変化しながら盤上を彩るモノクロームの万華鏡に視線を這《は》わせる。しかめ面をしていた祖父が破顔し、盤上の石を除《の》けて中央に黒石を一つだけ置く。

「いいか、愛衣《あい》。碁のルールはとても簡単だ」

黒石を四つの白石で囲い、祖父が黒石を取り除く。碁石を入れる碁笥《ごけ》の蓋《ふた》に、からん、と黒石が放《ほう》りこまれる。ときおり聞こえてくる、この乾いた音がわたしは好きだ。

「囲めば、石を取れる。たったそれだけで、宇宙の原子の数より多い局面が生まれるのさ」

大勝負の前には神経を尖《とが》らせ、誰彼かまわず怒鳴り散らす祖父を、父も母も怖れている。けれど、不思議とわたしは祖父が怖くない。祖父には嘘《うそ》がないからだ。

父が職場で不倫をしていることも、母が得体の知れない宗教にはまっていることも、子供ながらにわたしは察している。それをひた隠して、二人が喧嘩《けんか》ばかりしていることも。両親のいさかいは、まるで安物の香水みたいにわたしにまとわりつき、離れようとしない。

勝負を前にして怒鳴る祖父は、まるで子供だ。でも、その怒鳴り声はあとに残らない。

「やってみるか」

柔和に祖父が笑い、黒石の入った碁笥をわたしの側に回す。

「どこでもいい。十七個、好きなところに石を置いてみな」

言われるがままに、わたしはひんやりした黒石を手にする。少し考えてから、オウム貝のような、渦巻き状の配置を選ぶ。それを見た祖父が、小さく眉《まゆ》を持ち上げる。両親にはわからない祖父の心が、不思議とわたしには理解できる。意外なものを前にしたときの、驚きや歓《よろこ》びだ。

ドアを隔てたダイニングから、罵声《ばせい》が聞こえてくる。

娘のわたしを塾に入れるかどうかで揉《も》めているのがわかる。母は、競争はもうはじまっているのだと主張し、父はといえば、もう少しのびやかにやらせてもいいのではないかと言う。たったそれだけのことが、激しい罵《のの》りあいになり、やがて湯呑《ゆの》みか何かが割れる音がする。

聞こえないふりをして、わたしは盤上の変化に集中する。

十七個の石は、瞬く間に分断され、孤立し、取られてしまう。からん、というあの乾いた音とともに。すっかり、わたしは萎縮《いしゅく》してしょげてしまう。

「最初はこんなもんさ」

隠やかに口にする祖父は、けれども、少しだけ得意そうだ。

「どうだ、もう一度やってみるか？」

その当時、わたしは知らなかった。かつてこの祖父が、本因坊《ほんいんぼう》と呼ばれるタイトルを保持していたこと。そして、征《シチョウ》と呼ばれる単純な筋を読み落としたのを機に、衰えを自覚し、ちょうど引退を決意したころであったこと。

数ヵ月後には両親が離縁し、母にひき取られること。

ここから憶《おぼ》えたばかりの碁を忘れ、中学受験の勉強に明け暮れること。父と母を見て、大人を知った気でいたわたしが、本当は他者のことなど何一つ知らなかったこと。

そして何より、祖父と会うことはできても、到底、碁など打てなくなってしまうことを。

ネットワークサービス〈ライフ・アルタラー〉のメッセージがあった。晴瑠《はる》だ。

——学校、出ておいでよ。みんな、愛衣がいなくなって寂しがってるよ。

——ごめん、なんだか挫《くじ》けちゃって……。

——なんだったら部活だけでも。先生も、それでいいって言ってる。囲碁部、楽しいよ！

——碁のことは考えたくないんだ。でも、ありがとうね。

晴瑠は小学生時代からの友人だ。出会いのきっかけは、これも囲碁。

祖父から碁を教わりはじめたころ、教室の片隅でこっそり入門書を読んでいたところ、すでに少年少女大会にも出ていた晴瑠が声をかけてきたのだ。碁も勉強も、わたしより晴瑠が先を行っていた。それで、彼女と同じ学校へ行きたくて受験勉強をした。

でも、無理に入った中学校で、わたしは皆に追いつくことができなかった。友達のグループはできたけれど、そのなかで自分一人だけが劣り、浮いているように感じられた。

不登校になってしまったのは、一年の二学期からだ。

学校へ行かないわたしを母は責めた。けれど、やがて諦《あきら》めたのか、口を出さなくなってきた。仕事の忙しさから、わたしにかかずらっていられなくなったのもあるだろう。父と母がぶつかりあったのと逆に、母とわたしは互いに無視しあうような関係に陥った。わたしたちはどちらもが、親しくあるべき相手とつきあう術《すべ》を知らなかったのだ。

一日中、〈ライフ・アルタラー〉の画面を前にする日々がつづいた。

ただ、一つ例外があった。週に一度、祖父の見舞いへ足を運ぶ日だ。

父方であった祖父は、両親の離縁後、父と二人で暮らすようになった。しかし、まもなく事故が起きた。祖父が車に撥《は》ねられ、頭を打ったのだ。内臓のいくつかが損傷したほかに、クモ膜下出血が起き、一日がかりの手術がなされた。手術自体は成功したと医師は言った。けれどそれ以降、祖父は遷延《せんえん》性意識障害、いわゆる植物状態となった。

見舞いに訪れたわたしは、物言わぬ祖父の手をそっと握りしめる。

もう、この手が石を握ることはない。勝負前にぎらついていた目は、静かに閉ざされている。事故直後は、知己の棋士たちがたびたび見舞いに訪ねてきたが、やがて彼らの足も遠のき、母はもちろんのこと、父も顔を見せなくなった。父の生活は祖父の入院費だけでも限界で、定期的に母に支払われるはずだった慰謝料も遅れがちになった。

わたしと母が疎遠になったのも、遠因は祖父にあると言えるかもしれない。

もちろん恨む気持ちはない。願いはたった一つ。あのサンルームで、もう一度、盤を前に向かいあうことなのだ。そこに、父母の争いあう声が聞こえてこようとも。

手をさすりながら、わたしは碁の着手を口にしてみる。

「十六の四、星」

応答はない。

けれど、こうして触れあううちに、奇跡的に意識を取り戻すことがあると医師は言う。だからわたしは学校へ行かなくなったあとも、父が祖父をなかば見捨ててからも、こうして病室に通い、祖父に語りかけつづける。行ってもいない学校であった出来事を話したりもする。

祖父は応《こた》えない。

もともと痩《や》せぎすだった身体《からだ》はさらに細くなり、浜の流木のように寝具に横たわっている。鼓動を告げる医療機器のビープ音だけが病室に響く。消毒薬の匂《にお》いがする。何もなく、何も起きない。それでもわたしは待つ。やがて祖父が目を開き、二手目を打ってくれるその日を。

2

二手目は突然に打たれた。

それも、まったく予想だにしない方面から。もっとも、祖父が起き上がったのではなかった。コンピュータ囲碁を研究しており、かつて祖父の世話にもなったという棚橋靖史《たなはしやすし》准教授が、植物状態となった祖父を案じ、特別なリハビリ手法を提案したのだ。

それは、脳と機械をつなぐブレイン・マシン・インタフェースによるものだった。

祖父の脳がなんらかの活動をつづけていることは、核磁気共鳴画像法《MRI》の画像診断によって判明していた。そこで棚橋は、電極を介して祖父の視覚野に十九かける十九の画素を接続し、さらに祖父がイメージする画像を機械的に読み取る手法を考え出した。
電極やチップを用いた人工視覚や、ＭＲＩなどを通じて脳の情報を読み出す技術は、すでに確立されている。二〇〇八年には、被験者に文字を見せたのち、脳活動のパターンを読み取ってその文字を再現する実験が成功し、世界的に話題となった。とはいえ、それも十かける十程度の画素数だ。

まして、植物状態の患者に応用しようとすると、さまざまな問題が立ち塞《ふさ》がってくる。たとえば、先の実験は被験者に文字を見せながら行われた。ところが祖父の場合、脳の情報を読み取ろうにも、文字を見せて反応を得るといった手がかりがない。人工視覚を埋めこんだところで、実際に見えているのか見えていないのか、祖父に応えてもらうことができない。卵を得るにも鶏がなく、鶏を得るにも卵がないのだ。

加えて、こうした技術には機械側の人工神経回路網《ニューラル・ネットワーク》による学習が求められる。十かける十程度の画素数ならまだしも、十九かける十九となると、計算量は膨大だ。奇《く》しくも祖父が口にした通り、宇宙全体の原子より多い局面がそこにはある。

そこで棚橋が目をつけたのが、囲碁だった。

祖父は、一度は本因坊にまでなった名手である。十九かける十九――すなわち、囲碁盤と同じ解像度で画像を送りこめば、かならず応答があるはずだと棚橋は信じた。ニューラル・ネットワークによる膨大な学習は、飛躍的に進歩したコンピュータ囲碁のシステムを援用できる。

棚橋は父の合意を取りつけると、ぬかりなく省庁から研究予算を調達し、試験にとりかかった。

棚橋は碁の局面、とりわけ祖父が強く記憶しているだろう古い棋譜を用い、脳から得られた画像を機械学習にかけ、視覚野への入力と祖父からの応答、その双方の精度を高めていった。

はたして、棚橋の執念は実った。祖父から応答があったのだ。

父と母、そしてわたしが病室に呼ばれた。

「これが、いまお父様に見えている画像です」

棚橋は医師とともにラップトップコンピュータを広げ、囲碁盤を表示して待機していた。

「この盤面に対して、碁の初手を打ってみます」

棚橋は画面の右上、十六の六の位置に黒石を打った。

間を置いて、盤面の対角線上、四の十六の位置に白石が表示された。

「……お父様の着手です」

医師によれば、言語ではなく碁によるコミュニケーションというのは聞いたことがないが、これをつづければリハビリテーションになる可能性があるということだった。

それは、技術的には驚くべきことのはずだった。しかし父も、母も、最初に表に出したのは困惑した顔つきだった。二人とも、碁のことなど知らない。加えて、母がこんなことを言った。

「そもそも、お義父《とう》さんの碁のせいで、家が険悪に――」

我慢できなかった。

母を遮り、わたしはぴしゃりと大見得を切ってしまった。

「わたしが打つから。毎日ここへ来て、お祖父《じい》ちゃんと打つ。それでいいでしょう?」

曖昧《あいまい》な、感情の読めない顔つきで両親が頷《うなず》いた。

これで話はついた。でも、わたし自身、碁からはすっかり離れてしまっている。家に帰ってから、わたしは〈ライフ・アルタラー〉を通じて晴瑠にメッセージを送った。

——碁を教えてくれないかな。

——もちろん！　でも、どうして急に？

小学生のいっとき、入門者程度に打てるようにはなった。でも、祖父の相手となると、その程度では話にならない。結局、わたしは晴瑠に事情を説明し、教えを請うこととなった。

——囲碁部には出てこれる？

——できれば学校の外がいい。わがままなのは、わかってるんだけど……。

——四丁目に囲碁カフェがある。そこだったら問題ないでしょう？

そうして、わたしは日曜に晴瑠と待ちあわせ、カフェで碁を教わることになった。ある程度まで基礎を押さえたところで、祖父との対局に臨んだ。

祖父が何を考えているかはわからない。

けれど、少なくとも盤面を通して、碁を打つことはできる。こうして、わたしと祖父の機械ごしの対局がはじまった。もっとも、勝つことはなかった。ハンデをつけても同じだった。

弱々しくベッドに横たわってはいるが、相手は、かつてタイトルまで手にした人間なのだ。

幾度となく心が折れそうになったが、医師は脳活動が活発になってきていると言った。

そうでなくても、たとえ十九かける十九の盤を通してであっても、祖父とコミュニケーションをはかれることが嬉《うれ》しかった。日曜日、晴瑠にそのことを話すと、碁は〝手談〟と称されるのだと教えられた。囲碁とは手を介した、立派な会話であるのだと。

詰碁を解き、定石《じょうせき》を憶えた。新たな作戦を考えては祖父に挑むことが楽しみになった。繰り返すうちに、ある日、はじめて晴瑠に勝つことができた。晴瑠はなかば放心したような表情で、

「まさか、こんなに早く上達するなんて……」

「当たり前じゃない」わたしは微笑《ほほえ》みを返した。「元本因坊に教わってるんだから」

時間だけはあった。

わたしは古今東西の棋譜をウェブで入手し、並べては学び、祖父に挑んだ。最初、ハンデとして九つ置いていた黒石は、やがて五つに減った。もう晴瑠に負けることはなくなった。本気で、晴瑠がわたしを囲碁部に勧誘するようになった。一緒に大会の団体戦に出てほしいと。

祖父の視覚野に接続された電極は、棚橋の意向によって取り外された。脳が活性化してきた結果、口で着手を伝えれば祖父が応じてくるようになったからだ。残されたのは、祖父のイメージを読み取るための、頭蓋《とうがい》内に設置されたパッドのみとなった。

やがてわたしのなかに、祖父と対話できているという以上の歓びが宿りはじめた。碁を通して、わたしの内面は広がってきていた。

碁が、こんなにも奥深く、楽しいものだったなんて！

ベッドに横たわる祖父の横顔は、微笑んでいるように見えた。

3

祖父は、自分が孫と碁を打っていると気がついていたのだろうか。

耳が聞こえる以上、おそらくそうではないかと思う。それにしても、かつての本因坊からすれば、つまらない碁であったには違いないだろう。あるいは、上達の遅い孫にやきもきしているかもしれなかった。それでも、祖父はわたしとの対局に応じつづけた。

「囲碁部の友達がいるんだけどね」

聞いているのかいないのかもわからない祖父に、わたしは語りかける。

「最近、わたしが上達してきたって。先生がいいからだって応えておいたよ」

文字の一つでも表示されないか、わたしはディスプレイ上の盤面に目を這わせる。

盤に着手ができる以上、やろうと思えば、盤を通じて文字を見せることもできるはずだ。けれど、祖父はそれをしようとはしなかった。応じるのは、あくまで囲碁のみ。真意はわからない。ただ、それがまた祖父らしくも感じられた。

わたしとしても、それで充分だった。

〝手談〟はほかの何より密な触れあいであったからだ。それこそ、学校での会話などよりも。

「窓、開けるね」

空気が籠《こ》もっているように感じられ、細く窓を開けた。

晴れ上がった春の大気が病室に入りこんできた。本当なら、晴瑠と一緒に中学二年に進級するはずだった。けれど私立なので、わたしは一年のまま留年している。

ぽつりと、画面上に祖父の白石が置かれた。

「七の九、尖み《コス》」

わたしは応手を口にしてから、少し考えて、

「本当は、学校に行ってないんだ」

親戚《しんせき》では母以外誰も知らないだろうことを、気がつけば打ち明けていた。

「なんだか、馴染《なじ》めない気がして……」

相手が言葉を発さないからだろうか。これまで言えなかったことが、一挙に流れ出てきた。

「虐《いじ》められてるとかじゃないんだ。でも、劣等感、っていうのかな……。身の丈にあわない学校に行っちゃったせいで、自分一人だけが、劣っているように感じられて——」

ゆるりと風が吹き抜けた。

普段ならすぐに着手を返すはずの祖父が、何も応じてこなくなった。

「お祖父ちゃん？」

急に心配になり、祖父の手を取る。脈はある。緊張したまま、五分、十分ほど待ってみた。

いや、どうしたらいいのかわからなかった。祖父はいっこうに手を打たなかった。

ナースコールを押した。

やってきた看護師は、異常はなさそうだと言ったが、念のため、後日、脳血流を見ておいた

ほうがいいかもしれないと口にした。担当医も同じ見解で、祖父はMRIにかけられた。

特に、これまでと変化はないとの結論が出た。

答えは一つ。祖父は、自らの意志で着手を封じたのだった。


四丁目の囲碁カフェは三年前にオープンしたとのことで、内装が洒落《しゃれ》ていることもあり、ふらりと西欧人が碁を打ちに来ることもある。店では客が囲碁を打つほか、ときにポエトリーリーディングといったイベントが開催される。ちょうど、そのイベントと重なってしまった。カフェは人で賑《にぎ》わい、壇上ではやや露悪的な、性的な詩が読み上げられている。

なるべく静かな場所をと、オープンテラスに席を取り、わたしたちは盤を広げた。

黒番は晴瑠。黙したまま、晴瑠がハンデの置き石を三つ置いた。そのまま無言で、手が進んでいく。店内から詩人の絶叫が聞こえ、わたしはぴくりと肩を震わせてしまった。前にサンルームで祖父に碁を教わったときの、両親の喧嘩が思い出されたからだ。

「三子置かせてもらっても勝ちにくいね」

やれやれというように、晴瑠が肩をすくませた。

「悔しいな。わたしも、あなたのお祖父さんに教えてもらえないかな?」

「それなんだけど……」

迷ったが、先日の出来事を、わたしは晴瑠に話してみることにした。

「どうしてお祖父ちゃんが打ってくれなくなっちゃったのか、わからなくて……」

「呆《あき》れた。決まってるじゃない」本当に呆れた口調で、晴瑠が即答した。「あんたに、学校に出なさいと言ってるんでしょ。自分と碁なんか打ってないでってさ」

手にしかけた白石を、碁笥に落としてしまった。蛤《はまぐり》同士が触れあう、かすかな音がした。

祖父と碁が打てるのが楽しくて、何より自分のなかの十九かける十九の宇宙が広がっていくことが嬉しくて、気がつけずにいた。それだけ、祖父との対局はわたしにとって濃密だった。

でも言われてみれば、確かに、すぐわかることだ。

祖父ならそう判断するだろう。いや、逆の立場なら、わたしもそう考えるかもしれない。

「わたしはお祖父ちゃんと碁を打ちたいのに……」

目の前の通りを車が過ぎ去った。

イベントがやっと終わったようで、詩人とその取り巻きが店を出ながら、どのチェーンの居酒屋に入ろうかなどと、がやがやと話しあっているのが聞こえた。

伏し目がちに、わたしは前から狙《ねら》っていた上辺の覗《ノゾ》きを打った。うえ、と晴瑠が声を上げながらも、すぐに反発の一手を返す。店内の客がいたくなった。肌寒さもあり、わたしたちは頷きあってから、盤ごと店のなかへ移動した。

それからまた、上辺の闘いがしばらくつづいた。

「部においでよ」黒石を手に、晴瑠が上目遣いにわたしを見た。「愛衣だったら歓迎だよ」

「ううん……」

盤面に目を落としたまま、わたしは答えあぐねる。

晴瑠がコーヒーの追加を頼んだ。二手、三手と着手がつづいていく。わたしは上辺から目を離さずにいた。このとき視界の隅、上のほうで晴瑠が微笑んだ気がした。

「どうだ！」

かけ声とともに、晴瑠が思いもしない一手を打った。わたしの狙いは不発に終わった。

「これは、愛衣にもわからなかったでしょ？　まだまだ、わたしだって負けてられない」

決まりだ。

ゆっくりと顔を持ち上げ、わたしは晴瑠に訊《たず》ねた。

「……囲碁部、入れてもらってもいい？」

4

最初は虐めを受けたり、集団で無視をされたりすることもあった。けれども、今度ばかりはわたしにも耐えることができた。祖父との碁よりも難しいことなどなかったからだ。

気にしない素振りをつづけているうちに、ぽつぽつと話しかけてくれる級友も増え、わたしの交友関係はふたたび広がった。この点は、祖父に感謝しなければならないだろう。

問題は部だった。

晴瑠はあのように言ったが、囲碁部の面々は、わたしの受け入れに対して微妙だった。理由は、わたしが半端に強いことだ。わたしが入ることで、大会の団体戦に出られなくなるメンバーも現れるかもしれない。それでも表向き、彼らはわたしを歓迎した。

ただ、一人だけ、徹《とおる》という三年生は露骨にわたしに冷たくあたった。わたしに触発されてか、晴瑠がふたたび腕を上げたのに対し、徹の腕前は、団体戦に出られるか出られないかという程度。

ちょうど、いま盤を挟んで向かいあっている相手だ。

ハンデの置き石なしの互先《たがいせん》で打ってはいるが、実力差は大きい。石を置きたがらないのは、徹なりの意地であるらしい。つまらない意地だと思うが、これは仕方がない。

その徹が言うには、大会には自分が大将として出て、かわりにわたしを補欠とするらしい。

晴瑠と一緒に団体戦に出たかったわたしは、突然のことに声を失ってしまった。ところが、もう部内での根回しが済んでいた。皆の総意として、徹が出場することが決まっていたのだ。

「そういうことなんで、悪いな」

徹はわたしを見上げると、軽く口角を持ち上げた。

「大会には俺が出る。これはもう決定事項だ」

彼にとっては最後の大会となる。それはわたしにも理解できた。

けれど、相手の不遜《ふそん》な態度に、わたしは思わず反駁《はんばく》してしまった。

「碁は実力じゃない！　それを曲げたら、もう何がなんだかわからない――」

「黙れよ、不登校」

蔑《さげす》むような目つきとともに、ぴしゃりと、徹に遮られた。

「俺だって、中盤の閃《ひらめ》きじゃ、まだ負けてない。また、学校に来れなくさせてやろうか？」

険悪な空気に、誰もが黙りこんでしまう。

おのずと、皆の視線が顧問に向けられたが、先生は視線を泳がせるばかりで、仲裁しようという気配が見られない。皆から注意を向けられていると気づき、やっとその口が開かれた。

「生徒同士のことは、生徒同士で……」

駄目だ。

皆がそう思った、そのときだった。

部室がわりの教室に、思わぬ闖入者《ちんにゅうしゃ》がやってきた。その男はがらりと引き戸を開けると、ゆらりと遠慮なく入りこみ、教室の端から端までを見回した。

「外で聞いていたがよ」

と、その口から嗄《か》れた声が発せられる。それは、長らく耳にしていなかった声だった。

「どいつもこいつも、なっちゃいねえな」

「お祖父ちゃん！」

わたしの喉元《のどもと》から声が上がる。それを遮るように、祖父がこちらを向いた。

「まず、愛衣。おまえだ。おまえさんは何様だい？　少しばかり碁が強くなったからって、いっぱしのつもりか？　ずっと学校に出なかったおまえを受け入れてくれた部活はどこだ？」

そう言われてしまうと、何も言い返せない。軽く眉を上げ、祖父がつづけた。

「先輩の顔は立てておくものよ。おまえには来年も再来年もある。そりゃあ、碁は実力のゲームだろうさ。だが、上下関係もまた社会の基本だ。それをおろそかにして大成するやつなんざ、千人に一人だぜ」

それから、つかつかとわたしたちの盤のそばまで歩み寄り、さっと盤面に目を這わせた。

「トオルくんだったか？　ずいぶんとひどい碁を打つじゃねえか。こんな雑魚《ざこ》が、よく大口を叩《たた》いたもんだな。愛衣に譲ってもらいな。中学を出たら、大会に出る機会なんかなかろうよ」

挑発されて、勢い、徹が立ち上がろうとする。

「おっと」祖父がそれを制して、「中盤の閃きとか言ってたな。俺も、閃いちまったぜ」

ぴしりと、祖父が白石を盤上に打った。妙手一閃《いっせん》、つながっていたと思われた徹の二つの大石が分断され、どちらかが取られる形勢になった。

啞然《あぜん》としたまま、徹はそのままぺたりと坐《すわ》りこんでしまった。

祖父の矛先は、今度は顧問に向けられた。

「先生、あんたもあんたさ。いったい、なんだって子供同士のいさかいにおろおろしてるんだい。つらい判断は大人の役割よ。物事を決めるってなあ、人間にとって過剰なストレスがかかる。でも、だからこそ、それは大人がやらなきゃなんねえのさ」

容赦のない正論攻撃に、先生はぐっと黙って下を向いてしまう。

その隙《すき》に、祖父は好き放題にまくし立てた。

「誰か、文句があるやつはいるかい？　なんなら、碁で俺に勝ちゃあ、話を聞いてやらないでもないぜ。いっそ全員いっぺんに相手したっていい。置き石は好きな数だけ置きな！」

即座に、晴瑠が手を挙げた。

元本因坊と打てる機会など、そうあるものではない。機を逃すまいと思ったのだろう。祖父の素性に気がついた数名が、おずおずと手を挙げていった。最後に、わたしも挙手をした。

「おう、その意気さ！」

わたしは置き石を四つ置いてから、祖父に事情を訊ねた。

ある日の朝、気がつけば身体が動くようになっていたのだという。やはり、囲碁がリハビリテーションになったのだろうか。祖父は点滴を引きちぎると、まず父に、それから母に連絡を入れた。そしてわたしと母の関係が悪いことも知った。

わざわざ学校まで来たのは、〝どうせ上手《うま》くやれていないだろうから、活を入れにきた〟とのことらしい。確かにそうであったけれど、なんとなく腹立たしいのはなぜだろう。

学校の警備員には、もう少し自分の仕事をやってほしい。

「いつまでも寝てるってわけにゃあ、いかんだろうよ。なんでも、あるふぁ碁とかいう、面妖《めんよう》な名の強いやつがいるそうじゃねえか。まず、そいつと打つまでは死ねねえな」

これにはわたしも笑ってしまった。

二〇一六年にトップ棋士を破ったアルファ碁の基礎は、人工神経回路網《ニューラル・ネットワーク》を用いた深層学習。まさか、それと同じ技術が祖父を救ったとは思いもしないだろう。祖父はほとんど盤面を見もせずに、盤上に白石を打った。

わたしの意識が盤に向けられ、気持ちが切り替わる。

世界が十九路の盤面に変わった。

あとがき

本書は著者の二冊目のノンシリーズ短編集で、古い作は、二〇一六年のものにまで遡る。

二〇一六年。けっこう前のことだ。当時ぼくは三十七歳で、高円寺にアパートを借りて、結婚したばかりの妻と二人で暮らしていた。大家さんが親切で、ときおり、差し入れに缶ビールをくれた。ちょっといいことがあった日は、夫婦で近所の「桃太郎すし」へ食べに行った。いまと比べると、もう少しのほほんと生きていたような気がする。

今回、改めて一冊にまとめてもらうにあたり、それぞれの作を読み返してみたところ、そのときどきの気分のようなものが思い出され、面白くもあった。

ぼくは忘れっぽいところがあるので、備忘の意もこめて、以下、若干の自己解題を。

＊

◇ジャンク

秋葉原のとあるジャンク店のお話。

二〇一九年の五月、ずっと調子の悪かったPCを修理するために秋葉原へ持っていった。修理に四時間かかるということで、十年ぶりか、二十年ぶりか、秋葉原の町を散策した。そのとき感じた街の印象が、短編に表れている。ぼくとしては珍しい世話物になっている。

作風の改造を試みていた時期と重なる。このころ、ぼくは自分の小説にある冷たさのようなものが嫌で、もう少し、人間味のある話を書きたいと切望していたのだった。

初出は『小説現代』の二〇二〇年三月号。当時のメールを確認したところ、ぼくは二〇二〇年の二月に南極旅行の船旅に出ており、その船上でゲラの直しをやったようだ。

なお、作中に挟まれるレトロPCでのゲームプログラミングは、実際にぼくがやってみてスペインのコンテストに応募したもの。十人中五位とか、それくらいの順位であった。

◇料理魔事件

高円寺に引っ越して、自分で料理をすることが楽しくなってきた時期のこと。

ある晩、なんとなく「料理探偵」という話を思いつき、連想のおもむくまま妻に語った、その話がベースになっている。元は、高円寺のどこのスーパーでは何が安く何が高いとか、そういった知見を用いて推理をするという町内内輪ネタ。結果的には、全然違う話になっている。

初出は『小説現代特別編集二〇一九年五月号』で、明らかに楽しんで書いている感じが微笑ましい。たぶん、何かいいことがあったのだろうと思う。

◇PS41

二〇二〇年、西崎憲さんが『コドモクロニクル』というエッセイの書き下ろしコレクションを編纂し、そこに掲載されたもの。したがって、もともとはエッセイのつもりで書かれたことになる。しかし読み返してみたところ、「これはむしろ小説なのではないか？」という気がしてきて、今回、収録してみることとした。

内容はニューヨークの小学校の思い出。

「料理魔事件」の語り手はニューヨーク出身なので、微妙につながっている。今回の短編集は、こうした期せずして生まれた微妙なつながりが多いので、ぜひ探してみていただきたい。

◇パニック――一九六五年のSNS

初出は『小説現代』の二〇二二年四月号で、本書に収められた作のなかでは比較的新しい。

依頼をいただいたときにたまたま一週間弱空いていて、その期間に完成させられるなら可ということで、返事を保留していきなり原稿そのものに取りかかった。

ベトナムで一時行方不明になった開高健が「自己責任」の名のもとに炎上するというネタそのものは、前々から温めていた。しょうもないといえばしょうもないのだけれど、ぼく自身、ときおり海外の危険地帯を旅行するので、個人的にはわりと切実な問題であったりする。

ラストには米澤穂信さんの『さよなら妖精』の影響がある。

◇国歌を作った男
短編集を編むにあたって、それまで書いた短編をつなぐような作を、という感じの依頼をいただいたのが発端。しかしぼくはそのときどきの気分で書いていたため、それぞれの短編はてんでばらばらで、それらをつなぐような作といっても全然思いつかない。

困った。でも、書かなければならない。

というわけで、溜まった短編を読み返し、「海外」「テクノロジー」「ノスタルジー」と要素を抜き出し、それをもとに、新たに短編を書いてみることにした。ゲーム音楽がテーマになっているのは、執筆当時、趣味でドラクエの楽曲を分析していたから。

初出は『群像』の二〇二二年十月号。

その後に書いた『ラウリ・クースクを探して』という長編の原型でもある。

◇死と割り算
元ネタはボルヘスの「死とコンパス」という短編。

初出は『小説すばる』の二〇二一年四月号で、当時、フラッシュフィクション（掌編小説?）が来ている感じになっており、『小説すばる』に毎号掲載されはじめたころだった。ちょうどフラッシュフィクションを書いてみたかったぼくは、飲み会の席で『小説すばる』の編集さんに書かせてくださいとお願いして、掲載に至った。ありがたや。

すぐ書けるだろうと甘く見ていたところ、短いなかでどう起伏をつけるかなど、いろいろな点で難儀し、結果として現在の形に落ち着いた。

◇国境の子

二〇一九年の八月、編集さん二名と対馬《つしま》へ行った。当初の予定では、さらにフェリーで釜山《プサン》に渡るはずだったのだけれど、間の悪いことに台風が来て、三人、大雨の対馬に閉じこめられた。図書館で市議会の議事録とかを読んでいたら、予算のこととかが案外に面白くて、スマホで写真を撮りまくって係の人に怒られた。

その後に書かれたのが、この「国境の子」という短編。「旅」をテーマに、『小説現代』の二〇二一年一月号に掲載された。対馬までつれて行ってもらって、それをたった三十枚の短編にするのはどうなのかと罪悪感がすごかった。でも、気に入っている作でもある。

ＡＩ関連の記述は、いま見るとすでに少し古く感じられる。テクノロジーを扱うのは怖い。なお今作も、「ジャンク」と同様、なんとか作風を変えようとした痕跡が見られる。

◇南極に咲く花へ

依頼をいただいたのは二〇二一年の三月ごろ。「ＨＩＲＯＢＡ」という企画で、ものかき五名が歌詞を書き、それに「いきものがかり」の水野良樹さんが曲をつけ、さらにそれをこちらが短い小説にするというものだった。

ぼくは趣味で作詞作曲をやるのだけれど、なんていうかアンダーグラウンドな作風で、企画書から漂うポップできらきらした感じのものが作れるかというと、微妙だった。かろうじて、この「南極に咲く花へ」はポップかなと思ったので（ちょうど、詞を書いたはいいものの、曲をつけられずにいたやつでもあった）、これをお送りしてみて駄目なら諦めようと考えた。すると水野さんが気に入ってくださり、まもなくすごいデモが送られてきた。

このとき奇跡が起きた。

詞のなかで一箇所、「砂漠のアラベスクから 南極に咲く花へ」というパンチラインがあり、ぼくもそこだけはメロディをつけていたところ、水野さんがつけてくれた旋律が、それとまったく同じであったのだ。

◇夢・を・殺す

初出は二〇一七年。

宮部みゆきさんからはじまるリレーアンソロジー、『宮辻薬東宮』のアンカーとなった作。タイトルにナカグロが入っているのは、それまでの作が、同じようにタイトルにナカグロを入れていたから。宮部さんにつづいたのは辻村深月さん、薬丸岳さん、東山彰良さんで、その最後を務めるプレッシャーたるや。

文章面でだいぶ苦心した。

リレーの体をなさねばならないので、マイナーポエット的なことはやりづらい。なんていうか、ちゃんと、読めるやつを書かなければならない。この作以降、ぼくの小説はそれまでと比べ、いくぶんか読みやすいものになったのではないかと思う。

ちなみに、MSXという昔のコンピュータが出てくる「MSX三部作」の第二部でもある。

◇三つの月
これも、初出は二〇一七年。

近所のルノアールで仕事をしていたところ、突然、ほかならぬ山口雅也さんから電話がかかってきて、『奇想天外　21世紀版』なるものを作ると話を伺った。ついては、短編を一つもらえないかと。普通にスケジュールが詰まっていたのに、レジェンドからのまさかの直電にすっかり動揺し、気がついたら引き受けていた。

なんでこんな話を思いついたのかは、いまとなっては思い出せない。

◇囲いを越えろ
二〇二〇年のコロナ禍のさなか、百人が一日一本ずつ掌編を発表するという「Day to Day」という企画が立ち上がり、声をかけていただいた。ぼくの担当は六月二十六日であったので、その六月二十六日にちなんだ話を書いた。

緊急事態宣言下、出版にできることは何かという問いがテーマの一つになっていたので、なるべく、読んだ人が明るい気持ちになるようなものをと考え、このような内容となった。

◇最後の役

初出は二〇二一年、西崎憲さん発案の「kaze no tanbun」という短文集の第二弾、『移動図書館の子供たち』に掲載された。内容はおおむね事実で、なんとなく恥ずかしくて隠していた癖を明かしている。このごろどんな役をつぶやいているかは秘密である。

◇十九路の地図

依頼をいただいたのが二〇一四年の九月。最初は、日本推理作家協会の囲碁部に参加している人を集め、囲碁のアンソロジーを編もうといった、そんな感じの企画であったはず。そのときに「サンチャゴの浜辺」という短編を書き、『月と太陽の盤』という囲碁ミステリのシリーズに加えた。ところがアンソロジーよりも先に、こちらの本が出てしまうことに。それは困るということになり、ではもう一作書かせてくださいとお願いし、できたのがこの「十九路の地図」という短編。

初出は『ランティエ』二〇一六年十二月号。アンソロジーには将棋が加わり、最終的に『謎々　将棋　囲碁』という題で二〇一八年に刊行された。

描きたかったのは、ここに登場する囲碁棋士のおじいちゃん。

高齢者が軽んじられているようなそういう雰囲気を感じ、それに物申したかった。

＊

自分が半端者だという意識が常にある。だから変わりたくて、短編ごとにいろいろな工夫をやっている。でも今回、七年くらいにわたって散発的に書いたミステリやらSFやら純文やらを眺めてみて、「あんまり変わってないな」という印象を受けた。

三つ子の魂なんとやら、というやつだろうか。

それとも、ぼくが自覚していないだけで、少しずつ上達しているのか。できればそうであってほしい。これからも、たくさん小説を書いていきたいので。

最後に、作品の収録を快諾いただいた各社の編集部に感謝の意を表します。

そしてもちろん、いまこれを手に取ってくださっている、あなたにも。

二〇二三年九月　宮内悠介

初出

ジャンク	小説現代　2020年3月号　講談社
料理魔事件	小説現代特別編集2019年5月号 吉川賞特集　講談社
PS41	『コドモクロニクルⅠ』　惑星と口笛ブックス　2020年
パニック――一九六五年のSNS	小説現代　2022年4月号　講談社
国歌を作った男	群像　2022年10月号　講談社
死と割り算	小説すばる　2021年4月号　集英社
国境の子	小説現代　2021年1月号　講談社
南極に咲く花へ	『OTOGIBANASHI』　講談社　2021年
夢・を・殺す	『宮辻薬東宮』　講談社　2017年
三つの月	『奇想天外［21世紀版］アンソロジー』　南雲堂　2017年
囲いを越えろ	連載企画　Day to Day ウェブサイト tree　2020年7月26日
最後の役	『kaze no tanbun 移動図書館の子供たち』　柏書房　2020年
十九路の地図	『ランティエ』2016年12月号　角川春樹事務所

宮内悠介《みやうちゆうすけ》

1979年東京都生まれ。1992年までニューヨーク在住。早稲田大学第一文学部卒。在学中はワセダミステリクラブに所属していた。2010年「盤上の夜」で創元SF短編賞山田正紀賞を受賞。同作を表題とする『盤上の夜』で'12年デビュー。同作で日本SF大賞、'13年『ヨハネスブルグの天使たち』で日本SF大賞特別賞、同年（池田晶子記念）わたくし、つまりNobody賞、'17年『彼女がエスパーだったころ』で吉川英治文学新人賞、『カブールの園』で三島由紀夫賞、'18年『あとは野となれ大和撫子』で星雲賞（日本長編部門）、'20年『遠い他国でひょんと死ぬるや』で芸術選奨文部科学大臣新人賞を受賞。近刊に『かくして彼女は宴で語る　明治耽美派推理帖』『ラウリ・クースクを探して』など。

国歌《こっか》を作《つく》った男《おとこ》

2024年2月13日　第一刷発行

著者　宮内悠介《みやうちゆうすけ》

発行者　森田浩章

発行所　株式会社講談社

〒112-8001　東京都文京区音羽2-12-21
電話　出版：03-5395-3505　販売：03-5395-5817　業務：03-5395-3615

本文データ制作　講談社デジタル製作

印刷所　株式会社KPSプロダクツ

製本所　株式会社国宝社

KODANSHA

Printed in Japan　ISBN 978-4-06-533140-8
N.D.C. 913　270p　20cm

NexTone PB000054542